우리가 사랑해야 하는 이유

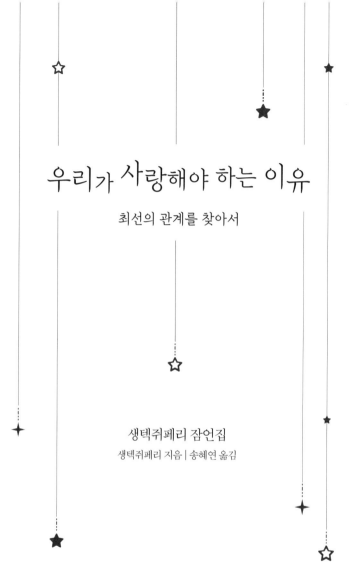

우리가 사랑해야 하는 이유

최선의 관계를 찾아서

생텍쥐페리 잠언집

생텍쥐페리 지음 | 송혜연 옮김

생각속의집

인간은 관계의 덩어리라는 것을,
오직 관계만이 인간을 살게 한다는 것을.

관계란 포도주처럼 익어가는 것

그대를 기다리다 잠이 든 날, 연필로 밑줄을 그어둔 구절들을 다시 생각합니다.

"네가 오후 4시에 온다면 내 마음은 3시부터 설레기 시작할 거야. 그리고 시간이 지날수록 더욱 기다려지겠지. 그러다가 4시가 되면 흥분해서 안절부절못할 만큼 행복할 거야. 그런데 네가 만약 아무 때나 불쑥불쑥 나타난다면 언제부터 너를 기다려야 하는지 전혀 알 수가 없잖아. 또 곱게 마

음을 단장하고 널 기다리는 행복감을 느낄 수도 없어. 그
래서 의식(儀式)이 필요해."

여기서 의식이란 '이 날을 다른 날과 다르게 만들고, 지
금 이 시간을 다른 시간과 다르게 만드는 것'입니다. 이
세상에서 그대와 나를 아주 특별하게 만드는 시간의 비
밀이 그 의식 속에 감춰져 있다니, 그날 이후 그대를 기
다리는 시간이 더욱 행복하고 설레었습니다.

어린 왕자와 여우의 관계만 그럴까요. '네가 장미를 위
해 보낸 시간이 네 장미를 소중하게 만들었다'고 하듯
이, 내가 그대를 위해 보낸 시간이 내 그대를 더 소중하
게 만들었다는 것을 알았습니다.

그대를 만나기 전엔 늘 목이 말랐지요. 마른 흙밭에 연
한 샘물이 흘러들기를 바라면서 막연히 사랑을 갈구하
기만 했지요. 그렇게 받으려고만 하는 것이 내 사랑을
가난하게 만들었다는 것을 그땐 미처 몰랐습니다. 사
랑은 주면 줄수록 더 커진다는 것을 나중에야 배웠지
요. 하지만 그땐 안타깝게도 내 모든 것을 받아줄 누군
가가 없었습니다. '내 것을 주고도 언제나 잃기만 한다
면 그것은 사랑을 주는 게 아니라 나 자신을 상실하는
것'이라는 사실 또한 알지 못했지요.

이제 사랑은 주기도 하고 받기도 해야 한다는 근본 이
치를 배우고 있습니다. 숲 속에 늘어선 나무 사이의 '아

름다운 간격'처럼 서로를 위해 최소한의 거리를 배려하는 것이 '관계의 미덕'이라는 것도 체득하는 중입니다. 순식간에 공터를 적신 빗물은 마를 때도 금방 날아가 버리듯이 봇물 같은 감정이나 격렬한 소유욕은 사랑의 본체가 아니라 고통의 뿌리라는 것도 알 것 같습니다.

'사랑은 서로 마주보는 것이 아니라 둘이 함께 같은 방향을 바라볼 때 생겨난다'고 하셨지요. 그렇게 둘이 같은 곳을 바라보는 동안, 감겨져 있던 우리 내면의 눈이 함께 뜨이는 것을 발견했습니다. 또 "사막이 아름다워 보이는 것은 이곳 어딘가에 우물이 숨겨져 있기 때문이야……"라고 하셨지요. 그 순간 깨달았습니다, 눈으로는 볼 수 없는 것을 마음으로 찾아야 한다는 의미를 말이에요. "집이든, 별이든, 혹은 사막이든 그것을 아름답게 만드는 것은 언제나 눈으로 볼 수 없는 거야!" "언제나 마음으로 찾아야 해."

그 마음의 밭이랑에 물을 주고 꽃을 피우고 정성껏 돌보는 일이야말로 사랑의 관계를 완성하는 과정이라는 걸 이제 압니다. '길들여진다는 것은 서로 익숙해진다는 것'이라는 말의 뜻도 이해할 듯합니다. 내가 날마다 물을 주고 보살피는 바로 그게 내 장미꽃이니까요.

그렇게 익숙해진 것들을 지켜줄 책임이 내게 있다는 것 또한 잊지 않습니다. 소중한 관계란 깨어지기 쉬운 보석 같은 것이기도 하지요. 세상이 가볍고, 무책임하고,

각박하고, 차가울수록 그대와 나 사이가 더 깊고, 부드럽고, 도탑고, 따사로웁기를 바랍니다.

진정 아름다운 관계는 일회용 종이컵이나 패스트푸드가 아니라 오래 숙성된 포도주처럼 잘 익어가는 것! 그 빛나는 진리를 우리가 같은 방향을 바라보며 함께 발견할 수 있기를 기도합니다. 언젠가 우리가 우리의 별을 찾을 수 있도록 먼 데서 미리 빛을 보내준 어린 왕자와 여우와 장미꽃의 이름도 더욱 사랑스럽고 향기롭기를.

고두현 시인

차례

추천의 말 관계란 포도주처럼 익어가는 것 6

첫 번째 우리가 만났어도 정말 만났을까? 13

알아채지 못한 슬픔 • 마음이 포개질 때 • 만남의 기쁨 • 빗나가는 말들 • 외로움이 커질 때 • 이유 없이 바쁜 이유 • 완벽한 평화 • 감정이 없는 집 • 관계의 벽 • 사랑한다는 착각 • 소통의 간절함 • 가끔은 누군가를 위해서 • 관계를 포기한 사람 • 하나의 별을 위하여 • 숫자에 대한 집착 • 무엇보다 소중한 것 • 부정적인 마음 • 인간에 대한 예의 • 설레는 가슴 • 넓은 세상속으로 • 감정의 악순환 • 적극적으로 받아들이기 • 불행의 재발견 • 나를 상실하는 사랑 • 숫자로는 알 수 없다 • 오직 사랑만이 • 거짓과 진실 사이 • 상처를 받아들이기 • 어둠 속의 빛 • 살아 있다는 것은 • 우리는 만나기 위해 노력해야 한다

두 번째 길들이고 길들여진다는 것 51

같은 방향 바라보기 • 결정적으로 나의 꽃 • 길들여진다는 것 • 서로를 이해하는 시간 • 사랑이 깊어질 때 • 나에게만 열리는 문 • 있는 그대로 받아주기 • 외로움을 이어주는 다리 • 기다림의 우정 • 친구라는 이름의 나무 • 조금씩 다가가기 • 특별해지는 시간 • 아무런 의미가 없다 • 나를 바라보는 너 • 너를 생각나게 하는 것 • 우정의 비밀 • 언어의 무력함 • 편견을 갖는다는 것 • 함께 일하는 기쁨 • 진정한 기적 • 거대한 손길

세 번째 책임지는 사랑에 대하여 81

지켜줘야 할 책임 • 욕심 부리기 • 관계의 덩어리 • 깨지기 쉬운 보석 같은 • 성숙함은 천천히 온다 • 푸르름이 그리운 날 • 채워줄 수 없는 자리 • 믿음직한 사람 • 진정한 위로 • 다시 태어난 것처럼 • 하나로 묶어주는 끈 • 인간이 된다는 것 • 현재는 과거의 작품 • 조화로움과 단조로움 • 과거는 소용없다 • 현재에 몰입할 것 • 절망을 날아가는 법 • 진정한 전쟁 • 지면서 이기는 승리 • 역설적인 존재 • 일과 인간 • 먼저 내어줄 것 • 가장 양심적일 때 • 상실의 고통 • 생명을 구하는 것은 • 자주 잊어버리는 것 • 세월을 다시 생각하며

네 번째 사랑은 서서히 태어나는 것 115

서서히 태어나는 것 • 마음이 커지는 순간 • 절실하게 믿는다는 것 • 나를 재발견하기 • 어떤 신비한 힘 • 뜨겁게 타오르던 순간 • 오직 나만의 것 • 활력을 주는 미소 • 순수한 나를 찾아서 • 살아 숨 쉬는 것 같은 • 차원 높은 세상으로 • 도착보다는 방향 • 새로운 상륙 • 짧지만 완벽한 순간 • 고독의 맛 • 빛을 내는 사람 • 성장을 위한 실패 • 자유의 조건 • 버텨내는 용기 • 한계를 벗어난다면 • 나를 평가한다면 • 별에 이르는 길 • 나무는 쉬지 않는다 • 삶의 끝의 시작 • 고통의 끝 • 감정 가꾸기 • 핵심에 충실할 것 • 나의 진실은 • 침묵 예찬 • 풍요롭게 하는 힘 • 순간만이 전부 • 희망을 품은 불빛

다섯 번째 오직 사랑만이 우리를 살게 한다 155

사랑의 부재 • 가장 순해지는 시간 • 마음속에 평화가 • 무상의 기쁨 • 공간의 의미 • 빛을 향한 열정 • 내가 의미 있는 이유 • 소중한 것은 보이지 않는다 • 살아 있는 집 • 고귀한 존재 • 돈으로 살 수 없는 것들 • 마음으로 찾을 수 있다 • 완벽한 행복 • 모든 것이 반짝거린다 • 가장 중요한 한 가지 • 하나로 연결된 존재 • 진실은 단순한 것 • 오직 그 사람만을 • 내 위에 떠 있는 별 • 달콤한 죽음

옮긴이의 말 오랫동안, 길들여가는 것 185

생텍쥐페리 연보 189

우리가 만났어도
정말 만났을까?

알아채지 못한 슬픔

"그때 왜 나는 그것을 이해하지 못했을까? 말이 아니라 행동을 보고 판단했어야 했는데……. 장미는 내게 향기를 주고, 나를 위해 빨갛게 피어났었지.

절대로 그 꽃에서 도망치지 말았어야 했어! 초라한 모습 뒤에 숨겨진 사랑스러움을 알아챘어야 했는데……. 꽃들은 내가 이해하기에는 너무 어려운 모순 덩어리였어. 그때 난 그것을 사랑하기에는 너무 어렸던 거야."

어린 왕자

마음이 포개질 때

인간 사이의 관계란 자신을 누군가에게 보여주면서 생겨나는 것이 아니다. 진정한 관계란 상대의 마음과 나의 마음이 온전히 하나가 되려고 노력하는 가운데 조심스럽게 자라나는 것이다. 그런데도 당신이 당신의 모습만을 내 앞에서 흔들어댄다면 나는 당신을 떠나서 다른 곳으로 달아나고 싶어진다.

사막의 도시

만남의 기쁨

우리는 잘 먹고, 잘 사는 것만으로는 결코 행복해질 수 없다. 다른 사람을 존중하고 사랑해야 한다는 것을 배우고 자라온 우리들에게 새로운 만남은 얼마나 벅찬 기쁨인가. 새로운 사람과의 우연한 만남은 얼마나 소중한 기회인가!

어느 인질에게 보낸 편지

빗나가는 말들

사람과 사람 사이의 관계를 진지하게 생각해보았다. 우리는 대화를 통해 서로의 의견을 정확히 이해시킬 수 있을까? 불행히도 그것만큼 위험한 생각도 없다. 마음속에 있는 생각은 말을 통해 밖으로 전달될 수 있는 것이 아니다. 자기 안에 있는 생각을 온전히 표현할 수 있는 말은 이 세상에 존재하지 않는다. 아무리 많은 말을 했다고 해도, 그것은 단지 뭔가를 표현하려고 노력했다는 것에 지나지 않는다.

타인이 자신의 말을 온전히 이해하는 경우는 단 하나, 사랑의 기적이 일어났을 때만 가능할 뿐이다.

사막의 도시

외로움이 커질 때

그래도 우리는 사막을 사랑한다.
언뜻 보면 사막에는 텅 빈 공허와 침묵만 있는 것처럼
보인다. 그러나 사막에 홀로 있는 것보다 밀실에 갇힌 채
자신만의 규칙을 고수하며 살아가는 사람과 함께 있을 때,
나는 더 큰 외로움을 느낀다. 그들이 갇힌 밀실을 몰래
들여다보면 아무것도 없이 텅 비어 있다.

바람과 모래와 별들

이유 없이 바쁜 이유

"여기서 뭘 하시는 거예요?"

어린 왕자가 물었다.

"여행자들을 천 명씩 나누고 있지."

철도원이 말했다.

"사람들을 태우고 먼 곳으로 가는 기차들을 오른쪽이나
왼쪽으로 보내고 있단다."

불을 환히 밝힌 급행열차가 천둥 치듯 요란한 소리를
내며 달려와 철도원이 있는 곳을 뒤흔들고 지나갔다.

"아주 바쁜 모양이네요. 저 사람들은 어디로 가는 거죠?"

어린 왕자가 물었다.

"글쎄, 그거야 기관사도 모르지."

철도원이 말했다.

그 순간 급행열차가 환하게 불을 켜고 요란한 소리를 내며
좀 전과는 반대 방향에서 달려와 번개처럼 빠르게 지나갔다.

"벌써 되돌아오는 건가요?"

어린 왕자가 물었다.

"저건 아까 그 손님들이 아니란다. 먼저 지나간 열차와 지금 지나간 열차가 서로 반대 방향으로 달리고 있는 거야."

철도원이 말했다.

"저들은 자신이 사는 곳이 마음에 들지 않는 건가요?"

어린 왕자가 물었다.

"인간은 말이지, 자기가 사는 곳을 마음에 들어 하지 않는단다."

철도원이 말했다.

그때 불을 밝힌 세 번째 급행열차가 큰 소리를 내며 지나갔다.

"저기에 탄 사람들은 앞에 간 사람들을 쫓아가는 건가요?"

"사람들은 아무것도 쫓지 않는단다. 열차 안에서 잠들어 있거나 졸고 있겠지. 오직 아이들만 유리창에 코를 납작하게 대고 있단다."

철도원이 말했다.

"자기가 무엇을 원하는지 정확히 아는 사람은 아이들뿐이에요. 아이들은 헝겊 조각으로 만든 인형을 오랫동안 갖고 놀 수 있어요. 그것은 아이들에게 아주 소중해요. 그래서 누군가 그것을 빼앗으면 금방 울음을 터뜨리지요……."

어린 왕자가 말했다.

"아이들은 행복하겠구나."

철도원이 말했다.

어린 왕자

완벽한 평화

저기 보이는 마을을 보면 평화가 무엇인지 이해할 수 있다. 농부들은 저녁에 집으로 돌아오고, 곡식은 창고에 넉넉히 저장되어 있다. 빨아 널어두었던 빨래는 착착 접혀서 옷장 속으로 들어간다. 평화로운 시절에 사람들은 찾고자 하는 물건을 쉽게 찾을 수 있다. 저녁 때 어디에서 자게 될지도 당연히 안다. 반대로 질서가 흐트러지고, 사람들이 안정을 찾지 못한 채 불안해하며, 사랑하는 사람을 어디에서 만나야 할지 알지 못하고, 바다로 나간 지아비가 영영 집으로 돌아오지 않을 때, 우리의 평화는 깨어진다.

모든 사물이 각자 자신의 의미와 자리를 찾은 안정된 모습, 평화는 그런 모습 속에 천천히 찾아오는 것이다. 그것은 다른 소중한 것들을 위한 든든한 배경과 뿌리가 되었을 때 그 가치가 가장 잘 드러난다. 나무속에서 다시 만나는 땅 속의 광물질이 완벽하게 서로 조화를 이루는 것처럼!

아라스로의 비행

감정이 없는 집

나에게 아무런 표정도 짓지 않고,

나의 발걸음에 아무런 의미도 주지 않는 집,

그런 집을 나는 사랑할 수가 없다.

사막의 도시

관계의 벽

우물에 몸을 기대고 소녀들을 쳐다보았다.

가슴을 설레게 하는 소녀들을 가까이 보고 있노라면 인간에 대한 경외와 신비감에 빠져들게 된다. 살아 있는 것들은 조금씩 생기를 되찾고, 꽃들은 바람결에 춤을 추고, 백조들은 함께 사이좋게 헤엄을 치며 지내는 곳, 바로 그곳에서 오직 사람들만이 사이좋게 어울리지 않고 자기만의 성을 쌓는다. 그들의 정신적인 내면은 또 얼마나 서로 멀리 떨어져 있는가!

바람과 모래와 별들

사랑한다는 착각

사랑을 소유욕과 착각하지 마라.
사람들이 생각하는 것처럼 당신은 사랑 때문에
괴로워하는 것이 아니라,
사랑의 반대말인 소유욕 때문에 괴로워하는 것이다.

사막의 도시

소통의 간절함

사람들은 다 어디에 있을까? 횃불이 촛대처럼 반듯하게 타올랐다. 두려움에 떨며 우리는 사막에 피워놓은 횃불을 쳐다보았다. 그것은 침묵과 빛으로 전하는 우리의 간절한 마음이었다. 도움을 요청하는 절규일 뿐만 아니라 마음속 깊은 우리의 사랑에 대한 고백이기도 했다.

우리는 마실 것을 원했다. 그러나 그것 못지않게 인간과의 소통을 간절히 원했다. 오늘밤에 어디에선가 또 다른 불이 타오르며 우리에게 화답할 것이다. 오직 인간만이 불을 이용할 수 있고, 그것을 통해 자신의 마음을 전달할 수 있다.

바람과 모래와 별들

가끔은 누군가를 위해서

자신을 초월하여 행동할 수 있다는 것에서 인간의 위대함을 발견할 수 있다. 인간이 자신의 이익과 이해관계만 찾으려 한다면 그의 삶은 그지없이 비참할 것이다. 그러나 누군가를 위해서 봉사하고 희생한다면 존경과 찬사를 한몸에 받을 것이다. 이는 마땅하며 지당한 일이다.

카르넷

관계를 포기한 사람

자만심에 대해 생각해보았다. 내 생각에 그것은 나쁜 습관이기보다는 질병에 더 가깝다. 당신을 사랑으로 대하지 않고, 당신에게 아무런 관심도 주지 않는 사람을 당신은 좋아할 수 있겠는가? 자만심에 찬 사람은 결국 관계를 포기한 사람이다. 그런 사람의 정신은 더 이상 성장하지 못할 뿐만 아니라 갈수록 더욱 더 위축될 수밖에 없다.

사막의 도시

하나의 별을 위하여

우리는 감히 도달할 수 없는 수많은 행성들 사이에서

단 하나의, 진정한 별을 찾아 헤맨다.

친숙한 자연이 있고, 다정한 집과 우리의 진심이

담겨 있는 하나뿐인 별, 그것을 찾아

우주 속에 길을 잃고 찾아 헤매는 것이다.

세상의 풍요는 모래 알갱이 같은

수많은 별들 사이에 숨어 있다.

바람과 모래와 별들

숫자에 대한 집착

어른들은 숫자에 애정을 갖고 있다. 내가 새로운 친구를
사귀었다고 말하면 그들은 중요한 것에 대해서는
결코 물어보지 않는다. 예를 들자면 이런 것들 말이다.
"그 애 목소리가 어떠하든?"
"그 애는 어떤 놀이를 좋아하니?"
"그 애도 나비를 수집하니?"
오히려 이런 것들만 물어본다.
"나이가 몇 살이니?"
"형제는 몇 명?"
"몸무게는 몇이지?"
"그 애의 아버지는 월급을 얼마나 받니?"
그런 것을 다 알고 난 다음에야 상대를 제대로 알고 있다
고 생각한다.

어린 왕자

무엇보다 소중한 것

당신들은 나에게 가장 아름다운 집과
훌륭한 자동차의 모형을 보여주었지만,
정작 그곳에서 살고 그 자동차를 운전할
사람에 대해서는 설명해주지 않았으니,
가장 중요한 것을 빠뜨렸다고 생각하지 않으세요?

카르넷

부정적인 마음

증오는 사람을 늘 불안하고 불만스럽게 만든다.
어떤 종류의 증오든 그것은 가슴 속 깊은 곳에
자리를 잡으며 한 사람의 마음 전체를 지배한다.
이상하게도 부정적인 것은
사람의 마음에 쉽게 자신의 방을 만든다.

사막의 도시

인간에 대한 예의

나는 사람들이 서로 상대에 대해 예의를 갖춰야 하는 까
닭을 잘 알고 있다. 학식이 높은 학자도 시커먼 굴 속에
서 일하는 광부에게 예의를 갖춰야 한다. 광부 역시 창조
주를 닮은 우리의 형제이며, 학자는 그를 통해 신에 대한
경외감을 배울 수 있기 때문이다.

무엇이 더 고귀하고, 무엇이 더 천박한지는 알 수 없으므
로 다른 사람을 노예처럼 부려도 될 권리는 그 누구에게
도 없다.

아라스로의 비행

설레는 가슴

사랑은 창고에 저장해둔 물건처럼 아무 때나 쉽게 꺼내서 사용할 수 있는 것이 아니다. 무엇보다도 사랑은 설레는 가슴이 전제되어야 한다.

당신이 우연히 만난 사람에게서 받은 선물이 사랑이 아니듯이 당신의 설레는 마음도 단지 눈에 보이는 풍경 때문이 아니라 힘들게 정상까지 올라왔다는 것에서 비롯된다는 것을 알아야 한다. 있는 힘을 다해 산을 올라왔다는 것 때문에 당신의 마음이 그렇게 설레는 것이다.

사막의 도시

넓은 세상 속으로

사랑이 싹트면

당신은 모든 것을 그 사랑에 맞추어 생각하고,

사랑은 그에게 넓은 세상을 품은 듯한

느낌을 가져다준다.

아라스로의 비행

감정의 악순환

용기가 없는 사람은

다른 사람의 용기마저 빼앗아버린다.

아리스로의 비행

적극적으로 받아들이기

고통이나 상처를 잊기 위해 내면적으로 무감각해지거나
평화롭게 살기 위해 가슴속의 충동을 외면하며 살아가
는 사람들을 나는 경멸한다. 풀리지 않는 모순과 갈등은
당신의 마음을 더 크게 만든다는 것을 알고 있어야 한다.
따라서 스스로 성장하고 싶다면 내면의 투쟁에 적극적
으로 자신을 이용하라. 그것만이 당신을 자유롭게 하는
땅 위의 유일한 방법이다.

사막의 도시

불행의 재발견

만약 내가 나의 불행을 운명의 탓으로 돌렸다면 그것은
나 자신이 운명 앞에 굴복했다는 뜻이다. 또 그것을 배신
의 탓으로 돌리면 그것은 내가 배신에 무릎을 꿇었다는
뜻이다.

그러나 잘못을 내 탓이라고 생각하면 상황은 완전히 달
라진다. 그것은 내가 새로운 가능성을 찾아야 한다는 것
을 의미한다. 나에게 새로운 용기와 도전이 필요하다는
것을 의미하는 것이다.

아라스로의 비행

나를 상실하는 사랑

사랑을 받으려고만 하면 그 사랑은 오히려 더 가난해진
다. 반대로 사랑은 주면 줄수록 더 크게 성장할 수 있다.
그러나 나의 모든 것을 받아들일 수 있는 누군가가 존재
해야 한다.
다만 나의 것을 주고도 언제나 잃기만 한다면 그것은 사
랑을 주는 것이 아니라 나 자신을 상실하고 있는 것이다.

사막의 도시

숫자로는 알 수 없다

"빨간 지붕의 창가에는 제라늄 꽃이 놓여 있고,
지붕에 비둘기가 내려앉은 예쁜 집을 보았어요."
어른들에게 그렇게 말하면
그들은 그 집을 쉽게 상상하지 못한다.
오히려 10만 프랑짜리 집을 보았다고 말하면
그들은 그제야 이렇게 말한다.
"아, 정말 아름다웠겠다!"

어린 왕자

오직 사랑만이

승리는 사랑의 열매다.
오직 사랑만이 당당하고 정당한 것을 알아본다.
사랑만이 우리를 그곳으로 이끌어준다.
인간의 이성을 뛰어넘는
삶의 신비로운 힘은 바로 사랑에서 나온다.

아라스로의 비행

거짓과 진실 사이

사람들은 거짓과 진실을 구별하기 위해 별의별 행동을
다 한다. 그런 후 쉽사리 어떤 것이 진실이 아니면 그것
을 거짓이라 말하고, 거짓이 아니면 진실이라고 잘라 말
한다.

그러나 나는 거짓이 진실의 반대말이 아니라는 것을 잘
알고 있다. 그것은 진실이 아니라거나 또 거짓인 것도 아
니라 전혀 다른 문제일 뿐이고, 다만 다른 돌로 쌓아올린
신전의 지시를 따르는 것임을 나는 잘 알고 있다.

사막의 도시

상처를 받아들이기

이미 입은 상처에 대해 불평을 늘어놓는 것은 아예 이 세상에 태어나지 않았으면 좋았을 거라고 불평하거나 더 좋은 세상에 태어나지 않은 것을 불만스러워하는 것과 마찬가지의 뜻이다. 왜냐 하면 당신이 살아온 지난 과거는 오늘의 당신을 있게 한 것에 불과하기 때문이다. 그것은 그렇게 존재할 따름이다.

그러니, 상처를 있는 그대로 받아들이고, 공연히 과거 때문에 머릿속을 복잡하게 만들지 마라.

사막의 도시

어둠 속의 빛

캄캄한 어둠 속을 비행하며 우리는 밤이 고스란히 모습을 드러내는 것을 가만히 지켜보았다. 불빛, 어둠을 뚫고 새어나오는 불빛들. 몇몇은 외로운 집에서 나오는 빛이리라.

탁자에 팔꿈치를 괸 채 등잔 앞에 웅크리고 앉아 있는 농부는 자기의 소망을 누군가 알아채고 있다는 것을 알고 있을까. 자기의 소망이 빛을 품고 하늘까지 날아오를 수 있다는 것을 알고 있을까.

그러나 우리는 알고 있다. 등잔이 자기 집의 초라한 식탁만을 밝혀준다고 생각하지만 절망하듯 비틀거리며 타오르는 그 불빛의 소리를 누군가는 먼 곳에서 보고 있는 것이다.

야간 비행

살아 있다는 것은

우리는 진정으로 살아 있을까?
우정과 애정, 그리고 사랑을 파괴하고 뒤흔들어 놓는 일
들이 우리 인생에서 종종 일어나는데도, 우리는 이런 비
극을 제대로 느끼지 못한다. 우리의 관심과 인습, 그리고
법률이 우리 삶의 테두리를 정해주고 있기 때문이다.
관습과 인습을 넘어 삶의 비극을 생생하게 느낄 수 있을
때, 그때야말로 우리가 진정 살아 있다고 말할 수 있지
않을까.

남방 우편기

우리는 만나기 위해 노력해야 한다

칠흑 같은 어둠 속을 밝히는 불빛들. 무엇인가를 위해서 켜놓은 저 불빛들은 저마다 소중한 의미를 담고 있으리라. 누군가는 책을 읽고 있거나 어떤 생각에 잠겨 있을 것이다. 혹은 가슴 속 깊이 묻어두었던 이야기를 고백하고 있을지도 모른다. 또 누군가는 안드로메다 성운을 열심히 관찰하고 있으리라. 그러나 저 불빛들 가운데는 겉모습만 환하게 빛을 내고 있을 뿐, 실제로는 아무런 생기도 아무런 느낌도 전해지지 않는 불빛들이 얼마나 많을까?

우리는 서로 '만나기' 위해 노력해야 한다. 저 멀리 들판에서 깜박이는 불빛들과 만나기 위해 우리는 안간힘을 써야 하는 것이다.

바람과 모래와 별들

길들이고
길들여진다는 것

같은 방향 바라보기

경험을 통해 보건대,
사랑은 서로 마주보는 것이 아니라
둘이 함께 같은 방향을 바라볼 때 생겨난다.

바람과 모래와 별들

결정적으로 나의 꽃

"너희들은 누구니?"

어린 왕자가 의아해하며 물었다.

"우리는 장미꽃이야."

장미들이 말했다.

"아!"

어린 왕자가 짧게 말했다.

갑자기 그는 기분이 울적해졌다. 자기가 기르던 장미꽃
이 자신은 세상에 오직 하나뿐이라고 말했던 게 생각났
기 때문이다. 그런데 이게 웬일인가! 5천 송이나 바로 여
기에 있지 않은가. 모두 똑같이 생긴 장미꽃들이 한 정원
에 이렇게 모여 있다니! (……)

어린 왕자는 한 장미에게 가까이 다가갔다.

"너희는 내 장미와 달라. 아직은 아무것도 아니야"라고
말했다.

"너희들은 정말 예쁘게 생겼어. 하지만 너희들의 아름다움은 텅 비어 있지. 너희를 위해 죽을 수 있는 사람은 이 세상에 아무도 없을 거야. 물론 지나치다가 너희들을 본 어떤 사람이 너희가 내 장미와 비슷하게 생겼다고 느낄 수는 있겠지. 하지만 너희들 모두보다 내게는 내 장미꽃 한 송이가 더 소중해. 왜냐하면 그것은 내가 날마다 물을 주는 꽃이니까. 그리고 내가 날마다 유리로 잘 보호해주는 꽃이니까. 결정적으로 그것이 바로 내 장미꽃이니까.

어린 왕자

길들여진다는 것

"난 너와 같이 놀 수 없어."

여우가 말했다.

"아직 길들여지지 않았거든."

"아, 미안해."

어린 왕자가 말했다.

그렇지만 잠시 생각에 잠겨 있던 어린 왕자가 다시 물었다.

"길들여지는 것이 어떤 거지?"

"너는 여기 아이가 아니구나."

여우가 말했다.

"무엇을 찾고 있지?"

"난 사람들을 찾고 있어."

어린 왕자가 말했다.

"길들여진다는 게 무엇일까?"

"그건 이미 새카맣게 잊힌 말 중의 하나야."

여우가 말했다.

"그 말은 '서로 익숙해진다'는 뜻이지."

"익숙해진다고?"

"음, 아직까지 너는 나에게 수만 명의 어린 소년들과 아무 차이가 없는 그냥 어린 소년에 불과해. 난 너를 필요로 하지 않고, 너는 나를 필요로 하지 않아. 나도 너에게는 수만 마리의 여우들과 전혀 다를 바 없는 한 마리의 여우일 뿐이지. 그렇지만 네가 나를 길들인다면 우리는 서로 필요로 하게 될 거야. 너는 나에게, 나는 너에게 세상에서 유일한 친구가 되는 거지……."

어린 왕자

서로를 이해하는 시간

우리는 마지막이 될 수도 있는 야간 근무를 나갔다. 먼저 밤을 보낼 준비부터 시작했다. 선창에서 궤짝을 대여섯 개 들고 와서 속을 비운 다음, 그것으로 간신히 바람을 막아 그 안에 막사 안처럼 가느다란 촛불을 하나씩 피웠다. 그렇게 우리는 우리가 살고 있는 행성의 공터 한복판에 천지창조의 순간처럼 외로움 속에 인간의 마을을 만들었다.

우리는 궤짝에서 비추는 흔들리는 불빛을 바라보며 사막 한 귀퉁이에서 막연히 구원의 손길을 던져주는 이른 새벽의 붉은 노을이나 무어인들이 나타나기를 기다렸다.

아직까지도 난 그날 우리가 왜 성탄절 분위기를 느꼈는지 이해할 수 없다. 우리는 한 사람씩 옛날이야기를 하기 시작했고, 농담을 건네거나 노래를 불렀다.

분위기는 마치 치밀하게 잘 준비된 축제가 한창 무르익어가는 것처럼 달아올랐다. 사실 우리는 이 세상 어느 누구보다도 가난했다. 우리에게 있는 것은 바람과 모래와 별뿐이었다. 그것은 트라피스트회의 수도사들에게조차 너무 가혹한 현실이었다. 그렇지만 흐린 불빛 속에서 가진 것이라고는 추억뿐인 일곱 명의 사내가 눈에 보이지 않는 보물을 나누듯이 마음의 정을 나누었다.

그 순간 우리는 진실로 우리 자신과 만났다. 오랫동안 우리는 각자 근심에 짓눌려 있거나 아무 의미도 없는 말들만 주고받으며 지내왔었다. 그러다가 위험의 순간을 맞았고 서로 다른 사람의 도움을 필요로 하게 되었으며, 마침내 모두 같은 운명에 처해 있다는 사실을 깨달았다.

상대를 잘 이해하게 되었다는 것, 그 기쁨은 한 사람씩 다른 사람에게로 전해졌다. 우리는 서로 부드러운 미소를 지으며 다른 사람을 이해했다. 마치 감옥에서 갓 나온 죄수가 바다가 무한하다는 것을 새삼스럽게 깨달으며 놀라는 것 같은 기분이었다.

바람과 모래와 별들

사랑이 깊어질 때

같은 목표를 향해 우리의 마음이 형제처럼 이어져 있을 때, 우리는 용기를 얻고 안도의 숨을 내쉰다. 그리고 서로 마주보고 있을 때가 아니라, 함께 같은 곳을 바라보고 있을 때 사랑은 더욱 깊어진다. 모름지기 동지란 먼 정상을 향해 올라갈 때 하나의 밧줄에 서로를 의지하듯 그렇게 운명을 같이하는 사람을 말한다.

요즘처럼 안락한 세상을 두고 이 삭막한 사막에서 마지막 남은 음식을 서로 나눠먹으며 우리가 그토록 행복했던 이유는 정말 무엇이었을까?

바람과 모래와 별들

나에게만 열리는 문

친구란 당신을 위해 있는 존재이다.
타인에게는 열어주지 않는 마음의 문을
당신에게만 열어주는 유일한 사람이다.

사막의 도시

있는 그대로 받아주기

난 언제나 나를 순수하게 해주는 곳으로 가고 싶다.

나를 당신에게 가까이 다가가게 한 것은

내 믿음이나 신념이 아니다.

내 모습 그대로 긍정해주는 당신의 모습이

나 스스로를 관대하게 대하도록 만들었다.

나를 있는 그대로 받아주는 당신에게

나는 한없이 고마움을 느낀다.

나의 가치를 인정해주는 사람에게

더 이상 바랄 것이 무엇이 있겠는가.

다리를 저는 사람을 초대하면

난 그에게 편히 자리에 앉을 것을 권할 뿐,

춤을 출 것까지 요구하지 않을 것이다.

어느 인질에게 보낸 편지

외로움을 이어주는 다리

선물을 할 때는 인색하지 말자.
물건을 아끼지 말라는 뜻이 아니라 따뜻한 마음을
전하는 것에 인색하지 말라는 뜻이다.
선물은 사람들의 마음속 깊은 곳에 있는
외로움을 지켜주는 다리다.

사막의 도시

기다림의 우정

살다보면 종종 친구들과 헤어진 채 지내면서 그들에 대해 별로 많은 생각을 하지 않을 때도 많다. 그들이 어디에 있는지 정확히 모를 때도 있지만 그들은 분명히 존재한다. 그들도 일부러 소식을 전하지 않고 나도 그들을 별로 생각하지 않고 지내지만 그래도 그들은 여전히 믿음직스러운 친구로 남아 있다.

어쩌다 마주치면 우리는 서로의 어깨를 감싸며 반갑게 인사하고 기쁨의 탄성을 내지른다. 그렇게 우리는 기다림의 우정을 이해하게 된다.

바람과 모래와 별들

친구라는 이름의 나무

우리는 현재만을 생각하지 않고 먼 훗날을 위해 친구라
는 이름의 나무를 심고 가꾸며 살아간다. 그러나 세월이
흐르면 그 나무들이 한 그루 두 그루 사라지기 시작한다.
우리와 함께 지냈던 친구들이 떠나면서 그동안 마음의
휴식처가 되어주었던 나무그늘도 조금씩 사라진다. 그
럴 때마다 우리는 스스로 늙어간다는 슬픔으로 회한에
젖곤 한다.

바람과 모래와 별들

조금씩 다가가기

여우는 말을 멈칫하며 어린 왕자를 오랫동안 쳐다보았다.

"제발…… 나를 길들여줘!"라고 여우가 말했다.

"나도 그렇게 하고 싶어"라고 어린 왕자가 말했다.

"그러나 나는 시간이 별로 없어. 친구들을 만나고, 많은 것을 사귀어야 하거든."

"인간은 자기가 길들이는 것만 알게 되는 거야."

여우가 말했다.

"인간들은 뭔가를 사귈 시간이 없어. 그들은 이미 다 만들어진 것들을 가게에서 사거든. 그러나 친구를 파는 가게는 없어. 만약 네가 친구를 원한다면 나를 길들여줘!"

"어떻게 해야 하는데?"

어린 왕자가 물었다.

"참을성이 많아야 해."

여우가 말했다.

"일단 내게서 조금 떨어진 풀밭으로 가서 앉아. 나는 너를 곁눈질로 몰래 조금씩 훔쳐볼 거야. 넌 아무 말도 하지 마. 말이란 오해의 원인이 되거든. 그런 다음 너는 날마다 내게로 조금씩 다가오는 거야."

어린 왕자

특별해지는 시간

"언제나 같은 시각에 찾아와주면 좋겠어. 만약 네가 오후 4시에 온다면 내 마음은 3시부터 설레기 시작할 거야. 그리고 시간이 지날수록 더욱 기다려지겠지. 그러다가 4시가 되면 흥분해서 안절부절못할 만큼 행복할 거야. 그런데 네가 만약 아무 때나 불쑥불쑥 나타난다면 언제부터너를 기다려야 하는지 전혀 알 수가 없잖아. 또 곱게 마음을 단장하고 널 기다리는 행복감을 느낄 수도 없어. 그래서 의식(儀式)이 필요해."

여우가 말했다.

"의식이라고? 그게 뭔데?"

어린 왕자가 물었다.

"그것은 이 날을 다른 날과 다르게 만들고, 지금 이 시간을 다른 시간과 다르게 만드는 거야."

어린 왕자

아무런 의미가 없다

나는 별과 우물과 고통에 친숙해졌다.
그러나 별과 우물, 그리고 고통 그 자체는
내게 아무런 의미도 없다.
내 정신이 내게 부여한 의미대로
그것들을 형상화하지 않는 동안에는 말이다.

사막의 도시

나를 바라보는 너

수없이 많은 별들 중 어딘가에는
분명 한 송이 꽃이 피어 있을 것이다.
그 꽃을 사랑하는 사람은
별을 올려다보는 것만으로도
충분히 행복해질 수 있다.
그는 자기 자신에게 이렇게 말할 것이다.
"나의 꽃이 저기 위에서 나를 내려다보고 있겠지."

어린 왕자

너를 생각나게 하는 것

저것 좀 봐! 저기 건너편에 있는 밀밭이 보이지? 난 원래 빵은 안 먹거든. 그러니 밀밭이 나랑 무슨 상관이 있겠니. 밀밭을 쳐다보면 생각나는 것이 아무것도 없어. 그것은 슬픈 일이야. 그런데 네 머리카락은 밀밭처럼 황금색이구나. 네가 만약 나를 길들여준다면 난 정말 행복할 거야. 밀밭의 황금색을 보면 금방 네 생각을 하게 될 테니까. 그러면 밀밭을 스쳐지나가는 바람소리도 정겹게 들리겠지.

어린 왕자

우정의 비밀

좋은 벗은 저절로 만들어지는 것이 아니다.

함께 겪은 수많은 추억, 괴로운 시간,

어긋남, 화해, 갈등……

우정은 이런 것들로 이루어진다.

바람과 모래와 별들

언어의 무력함

지금까지 한 번도 경험해보지 못했던 미친 듯한 바람이 나를 뒤흔들어놓았다. 이런 극단적인 상황 앞에 놓이자 나는 인간의 언어가 얼마나 무력한지를 깨달았다. 그리고 왜 사람들이 극단적인 상황에 부딪쳤을 때 말을 제대로 하지 못하는지도 깨달았다.

언어란 인간의 경험에 따라 그 표현이 적절히 바뀌는 것은 아니다. 왜 그럴까? 이유는 간단하다. 인간은 실제로 그 일이 닥쳤을 때는 제대로 느끼지 못한다. 예를 들어 배가 좌초한 끔찍한 경험을 술회하면서 사람들이 고통스러워하는 것은 사건을 겪고 난 다음, 머릿속으로 그 일을 다시 되새기면서 새삼 두려움을 느끼는 것 때문이지, 당시에 꼭 그런 느낌을 가졌던 것은 아니다.

바람과 모래와 별들

편견을 갖는다는 것

누군가를 평가하기 위해
사람들은 흔히 그가 살아온 인생이나
그가 했던 일들을 정리해서 설명해달라고 말한다.
하지만 그것만큼 어려운 일은 없다.
정리하고 언어로 설명하는 일은,
이미 그 속에 누군가의 판단과 생각이
들어가기 때문이다.

카르넷

함께 일하는 기쁨

직업의 위대함은 무엇보다도 그것이 사람을 한 곳으로 모아준다는 것에 있다. 다른 사람과 교류하는 것이야말로 우리에게 주어진 진정한 기쁨이다.

우리가 물질의 충족만을 위해 일한다면 그것은 감옥을 만들어 스스로 독방 안에 자신을 가두는 것과 같다. 인생을 가치 있는 것으로 만들어주지 못하는 쓰레기 같은 돈과 함께 그 안에 외롭게 갇히는 것이다.

기억을 더듬어보면 지난날 내가 겪었던 순간들 중에 소중하고 아름다운 추억을 남겨준 순간들을 헤아려보면 그것들은 모두 물질과는 상관이 없는 것이었다.

오랜 시간 동고동락한 친구의 우정은 아무리 돈을 많이 주어도 살 수 없는 것이다. 돌이켜보면 함께 이겨낸 고난이 언제나 우리를 하나로 묶어주었다. 야간 비행과 찬란하게 빛나는 수많은 별들 속에서 몇 시간 동안 맛본 황홀한 광경은 돈으로는 절대로 살 수 없는 것들이었다.

위험한 비행을 마치고 다시 만나는 땅, 나무, 꽃, 여인, 미소들……. 이런 싱그러운 생명력으로 채색된 것들은 아침이면 우리에게 새로운 선물을 안겨준다. 우리의 노고를 위로해주는 작은 음악회와 같은 이런 것들은 절대로 돈으로 살 수 없다.

바람과 모래와 별들

진정한 기적

우리를 살게 하는 그 힘의 방향은 어디서 오는 것일까?

또, 우리를 친구의 집으로 유혹하는

그 손짓은 어디서 오는 걸까?

친구의 존재를 나의 소중한 일부로 만드는

결정적인 순간은 언제인 걸까? (…)

진정한 기적, 그것은 소리 없이 일어난다.

결정적 사건, 그것은 실로 단순하다.

어느 인질에게 보낸 편지

거대한 손길

사랑의 손길은 너를 꼭 붙들고,

너의 현재와 과거와 미래를 잡아준다.

사랑의 손길은 그렇게 너를 온몸으로 감싸 안는다.

남방 우편기

책임지는
사랑에 대하여

지켜줘야 할 책임

"네가 장미를 위해 보낸 시간이
네 장미를 소중한 것으로 만든 거야."
"내가 장미를 위해 보낸 시간이……."
어린 왕자가 그 말을 기억하기 위해 되뇌었다.
"사람들은 그 진실을 잊어버렸어."
여우가 말했다.
"그렇지만 넌 그것을 잊으면 안 돼.
넌 네게 익숙해진 것들을 지켜줄 책임이 있어.
넌 장미를 책임져야 해……."

어린 왕자

욕심 부리기

사랑은 분명 욕심을 낼 만한 가치가 있다.

사랑은 집 안 가득 향기를 뿌리고,

정적만이 있는 물 항아리에서

감미로운 음악 소리가 흘러 나오게 한다.

저녁 무렵이면 집으로 돌아오는

아이들의 눈망울에 내리는 아름다운 축복,

그것이 바로 사랑이다.

사막의 도시

관계의 덩어리

육체가 쓰러지면

그전에는 깨닫지 못했던 것을 다시금 깨닫게 된다.

인간은 관계의 덩어리라는 것을,

오직 관계만이 인간을 살게 한다는 것을.

아리스로의 비행

깨지기 쉬운 보석 같은

어린 왕자가 잠들었기 때문에 난 그를 팔에 안고 다시 길을 걸었다. 가슴이 뭉클했다. 마치 깨어지기 쉬운 보석을 안고 가는 것 같았다. 이 세상에 그보다 깨어지기 쉬운 것은 존재하지 않을 것처럼 보였다. 달빛을 받고 있는 하얀 이마, 살짝 감고 있는 눈, 바람에 살짝 흩날리는 머리카락을 보며 나는 혼자말로 이렇게 말했다.

"내가 보는 것은 껍데기일 뿐이야. 본질적인 것은 눈에 보이지 않아……."

어린 왕자의 입술이 약간 벌어지는 듯 하더니 보일 듯 말 듯한 미소가 흘렀다.

'잠들어 있는 어린 왕자의 얼굴이 나를 이렇게 감동시키는 것은 그가 한 송이의 장미꽃을 잊지 않고 있기 때문이야. 장미꽃이 잠자고 있는 동안에도 등불처럼 어린 왕자의 마음속에서 빛을 내기 때문이야.'

그런 생각을 하자 어린 왕자가 더욱더 깨어지기 쉬운 보석처럼 소중하게 느껴졌다.

어린 왕자

성숙함은 천천히 온다

인간의 연륜이란 정말 감동적인 것이다.

그것은 모든 인생을 요약한다.

인생의 성숙은 천천히 이루어진다.

수많은 장애를 극복하고, 심각한 병이 치유되고,

많은 절망을 뛰어넘은 후

자신도 모르는 사이에 이루어지는 것이다.

어느 인질에게 보낸 편지

푸르름이 그리운 날

어머니, 꽃이 만발한 사과나무 밑에 앉아 계시겠지요.

나를 위하여 어머니가 앉아 계신 주위를 잘 살펴보세요.

풀들이 파랗고 귀엽겠지요. 잡초도 있겠구요.

나는 푸르름이 그립습니다. 그것은 정신의 양식입니다.

그것은 행동을 부드럽게 하고 마음의 평화를 갖게 합니다.

우리의 인생은 이 아름다운 색채를 지우고 나면

금세 무미건조해질 것입니다.

어머니에게 보낸 편지

채워줄 수 없는 자리

잃어버린 동반자의 자리를 메워줄 사람은 아무도 없다.
지난 시절 알았던 사람을 인위적으로 만들어낼 수는 없다.
함께 나누었던 추억의 보물보다 더 소중한 것은 없다.
서로 노여워했던 것, 의견이 맞지 않아 충돌했던 것,
화해를 하고 가슴 따뜻하게 위로해 주었던 순간들,
그런 깊은 정은 그 어떤 것으로도 대체할 수 없다.

바람과 모래와 별들

믿음직한 사람

오직 신뢰만이 사람을 강하게 만든다.

어떤 일에서는 신뢰할 수 있지만

다른 일에서는 신뢰하지 못한다면

그것은 진짜 신뢰가 아니다.

신뢰가 있는 사람은

언제나 믿음직한 사람으로 남는다.

사막의 도시

진정한 위로

우리는 때때로 우리 자신이 느끼는 고통과 슬픔을 다른 사람에게 말하곤 한다. 그럴 때마다 대부분의 사람들은 슬픈 표정으로 위로의 말을 건넨다. 그러나 동정심이 그들의 마음속에 동정심으로만 남아 있다면 나와 그들 사이에는 아직 거리가 있는 것이다.

그러나 동정심이 새로운 옷으로 갈아 입을 때, 다시 말해 그들이 나와 동일한 고통과 슬픔에 참여할 때, 나와 그들 사이에는 새로운 인간 관계의 꽃이 피기 시작한다. 마치 갓 풀려난 죄수가 새로운 공기를 들이마실 때처럼, 그런 기쁨과 환희를 느끼게 된다.

바람과 모래와 별들

다시 태어난 것처럼

준비에브, 나는 그 마술을 기억하고 있어.

그대를 양팔로 껴안고

그대가 아플 때까지 포옹하는 거야.

그러면 그대는 다시 새로운 생명을 얻으며

기쁨의 울음을 터뜨릴 거야…….

남방 우편기

하나로 묶어주는 끈

난 인간의 형제애가 어디에서 기원했는지 알고 있다.

신 앞에 인간들은 모두 한 형제였다.

서로 하나가 될 때만 우리는 형제가 될 수 있다.

하나로 묶어주는 끈이 없다면

우리는 서로 나란히 서 있을 뿐, 한 형제라고 말할 수 없다.

아라스로의 비행

인간이 된다는 것

인간이 된다는 것, 그것은 정확히 말해서 자신의 책임을
안다는 것이다. 사람들의 마음속에 자리 잡고 있는 희망
이 이루어지도록 스스로 최선을 다해 노력하는 사람은
책임을 느낄 줄 아는 사람이다.

언뜻 보기에는 우리의 잘못이 아니라고 하더라도 우리
는 가난한 사람들을 보면 수치심을 느껴야 한다. 동료가
쟁취한 성공을 자랑스러워하는 마음, 무심코 깔고 앉은
돌도 이 세상을 만드는 데 꼭 필요하다는 것을 느끼는 그
런 자세가 참다운 인간의 모습이다.

바람과 모래와 별들

현재는 과거의 작품

내가 너에게

소중한 비밀을 하나 가르쳐줄게.

지금의 너를 탄생시킨 것은

바로 너의 지난 모든 과거란다.

사막의 도시

조화로움과 단조로움

인간과 숲, 세상에 인간만 있다면 사람들은 너무나 지루했으리라. 야생 동물도 만나 보지 못했을 것이고, 자연의 힘이나 도시의 힘도 제대로 느끼지 못했을 것이다.

그런데 요즘 우리가 사는 지구의 모습은 어떠한가. 모든 것이 함께 어우러져 조화롭게 있다기보다는 마치 채소밭처럼 똑같은 모양의 사람들만 가득하다.

카르넷

과거는 소용없다

지난 과거를 물고 늘어지려는 사람은 어리석다. 과거란 화강암 조각처럼 단단하여 깨뜨릴 수도 바꿀 수도 없는, 이미 완전하게 지나가버린 것이다. 다시 돌이킬 수 없는 것을 애써 꺼내려 하지 말고 당신에게 주어진 오늘을 긍정적으로 받아들여라. 다시 불러올 수 없는 것은 아무런 가치도 없다. 거기에는 단지 과거라고 새겨진 도장이 찍혀 있을 뿐이다.

사막의 도시

현재에 몰입할 것

기도하는 도미니카 수도사의 마음은 완전히 현재와 맺어져 있다. 그는 미동 없이 자기 자신의 세계에만 몰입하기 때문에 현재의 인간 그 이상은 절대로 될 수 없다. 파스퇴르는 현미경을 들여다보면서 오직 현재만을 생각했다. 그런 파스퇴르가 연구에 몰두할 때보다 더 인간적으로 보인 적은 없었다. 그는 자리에서 꼼짝도 하지 않았지만 멀리 앞에 있는 것을 발견했다.

화첩 앞에서 움직이지 않고, 아무 말 없이 앉아 있는 세잔도 역시 현재에 몰두했다. 침묵하고, 점검하고, 평가할 때 그는 가장 인간적이었다. 그런 그의 캔버스는 바다보다도 넓었다.

아라스로의 비행

절망을 날아가는 법

"너 알아? 둘째 날부터 가장 중요한 일은 내가 생각을 하지 않도록 하는 거였어. 그땐 내 상황이 너무 절망적이어서 나는 너무 괴로웠었거든. 내가 걸을 용기라도 얻기 위해서는 그 상황을 생각하지 말아야 했어. 불행하게도 나는 나의 뇌를 잘 조절하지 못해서 뇌가 마치 터빈처럼 작동하고 있었어. 하지만 뇌에 어떤 이미지를 선택하게 해줄 수는 있었지. 나는 뇌를 어떤 영화나 책에 놓고 마구 돌려봤어. 그 영화나 책은 내 안에서 전속력으로 펼쳐졌어. 하지만 그러고 나면 내가 처해 있던 상황으로 나를 다시 데려다놓는 거였어. 반드시 말이야. 그러면 나는 다시 다른 추억의 세계로 나의 뇌를 던져놓았어."

바람과 모래와 별들

진정한 전쟁

난 인간을 위해 싸운다.

그들의 적에 맞서 싸우는 것이다.

그리고 나 자신에 맞서 싸운다.

아라스로의 비행

지면서 이기는 승리

패배……, 승리…….

이런 것들을 어떻게 생각해야 할까? 가끔은 이 문제로 갈피를 잡기 어려울 때가 있다. 세상에는 이기는 승리도 있지만 지면서 이기는 승리도 있다. 사람을 파멸시키는 패배가 있는가 하면, 누군가를 일깨우는 패배도 있다. 인생은 그 사람이 어떤 상황에 처해 있는지가 아니라 어떤 태도를 보이는지에 따라 드러난다.

내가 의심하지 않는 참다운 의미의 승리는 조그만 씨앗의 생명력 속에 숨어 있다. 씨앗을 시커먼 흙 속에 심어놓으면 그것만으로 승리의 조짐이 보이기 시작한다. 그러나 씨앗의 승리를 제대로 축하하려면 먼저 시간이 흘러야 한다.

아라스로의 비행

역설적인 존재

인간을 자유롭게 하기 위해서

우리는 무엇을 어떻게 해야 하는가?

인간의 모든 것은 역설적이다.

거친 투쟁의 과정을 거쳐서

마침내 자신의 목표를 이룬 사람은 부드러워지고,

반대로 원래 너그러웠던 사람은

부자가 되면 오히려 냉정해진다.

바람과 모래와 별들

일과 인간

우리는 과연 인간다운 일을 얼마나 했는가?

진정으로 인간을 아름답게 해주는 것은

그가 얼마나 인간다운 일을

많이 했는가에 달려 있다.

바람과 모래와 별들

먼저 내어줄 것

받기에 앞서 주어야 하고, 살기에 앞서 집을 지어야 한다. 나는 내 동료에 대한 사랑을 마치 어머니가 젖을 줌으로써 자기의 사랑을 완성했듯이 나의 피를 내어줌으로써 완성하고자 노력했다. 여기에 사랑의 신비가 있는 것이다. 그러므로 사랑을 완성하려면 희생으로부터 시작해야 한다.

아라스로의 비행

가장 양심적일 때

글에서 나는 있는 그대로 나를 찾아야 합니다. 나의 글은 내가 보고 생각하는 것에 대한 신중한 반성의 결과입니다. 방이나 카페의 적막 속에서 나는 나 자신과 마주할 수 있고, 모든 문학적 상투어와 기만을 피해 나 자신을 온전히 표현하기 위해 노력할 수 있습니다. 그때 나는 내가 가장 정직하고 양심적이라고 느낍니다.

<어머니에게 보내는 편지>, 1925년

상실의 고통

죽은 사람을 땅에 묻는 순간에도 그는 여전히 우리에게 사랑하는 사람으로 남아 있다. 그래서 우리는 그를 떠나 보냈다는 것을 실감하지 못한다.

죽음이란 실로 위대한 것이다. 죽음은 우리를 새로운 세계와 만나게 한다. 또한 죽은 사람에 대해 지금까지 느끼지 못했던 새로운 감정을 불러일으킨다. 실로 우리의 세상이 모습을 달리하는 순간이다. 겉으로 보기에는 아무것도 변한 것이 없는 것 같지만 사실은 모든 것이 달라진다. 책의 두께는 변함없지만 책의 내용이 다르게 전해지는 것과 같다.

죽음을 제대로 이해하려면 먼저 죽은 사람을 절실히 필요로 하는 순간을 머리에 떠올려 보아야 한다. 장례를 치르는 날은 찾아온 조문객들과 인사를 나누느라 정신없이 바쁠 수밖에 없다. 그래서 장례식이 끝나고 난 다음에야 죽은 자와 비로소 헤어지게 된다.

그제야 죽은 자가 우리 앞에 온전한 모습을 보이며 나타났다가 우리의 기억 저편으로 멀어져 가고 있음을 느끼게 되는 것이다. 그 순간, 우리는 견디기 어려운 고통에 전율한다.

그가 우리 곁을 진정으로 떠났고, 그를 더 이상 우리 곁에 둘 수 없다는 것을 그제야 비로소 깨닫기 때문이다.

아라스로의 비행

생명을 구하는 것은

사람의 생명을 구하는 것은

오직 한 걸음을 내딛는 것이다.

그리고 또 한 걸음……

항상 같은 걸음일지라도 내딛어야 한다.

바람과 모래와 별들

자주 잊어버리는 것

누가 더 비행기 조종을 잘 할까를 가지고 경쟁하는 것은 쓸모없는 일이다. 어떤 사람은 아주 높이 올라가고, 어떤 사람은 몹시 빠르게 날아간다. 그렇지만 우리는 우리가 왜 그렇게 높이 올라가고 빠르게 날아가는지, 왜 그렇게 경쟁을 해야 하는지 그 이유를 잊고 있거나 알지 못한다. 그것이 정작 중요한 문제임에도……

바람과 모래와 별들

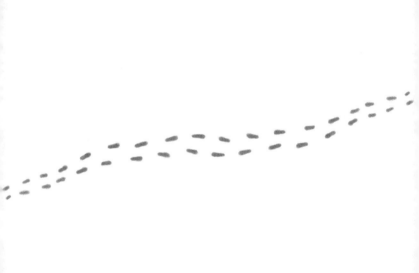

세월을 다시 생각하며

흘러가는 세월이 손가락 사이로 빠져나가는
한 줌의 모래처럼, 혹은 우리를 노쇠하게 만드는
어떤 것으로 보인다면 우리는 불행한 것이다.
반대로 생각을 바꿔서 흘러가는 세월이
우리를 보다 더 완성시켜가고 있다고 여기면
더 큰 행복을 느낄 수 있다.

사막의 도시

사랑은
서서히 태어나는 것

서서히 태어나는 것

난 자네가 생각하는 사랑이 서서히 태어나는 것과 같은
의미라는 걸 잘 알고 있네. 자네가 생각하는 사랑은 종종
자네의 눈빛에 반짝이며 나타나는 섬광 같은 것이지. 그
리고 자네는 램프에 다시 불을 붙일 수 있듯이 그것을 언
제라도 다시 불러올 수 있다고 믿고 있어. 그 말은 진실
이야. 어느 순간, 아주 단순한 말이 그런 힘을 발휘해서
사랑에 다시 생명력을 불어넣기도 하지.

남방 우편기

마음이 커지는 순간

마음의 세계로 향하는 길을 발견한 사람은

희망의 싹을 틔우는 작은 씨앗으로 변한다.

희망의 불빛이 반짝이는 것을 발견한 사람은

그것을 보여주려고 얼른 다른 사람의

소맷자락을 잡아당기며 그 기쁨을 전한다.

아라스로의 비행

절실하게 믿는다는 것

먼 곳에서 신비한 빛을 내뿜던 어떤 존재가 우리가 이미 알고 있던 그 우물이었다는 것을 오늘에서야 알게 되었다. 여인의 보이지 않는 손길이 집 전체를 신비스럽게 만들어놓는 것처럼, 우물은 아주 멀리까지 신비스러운 빛을 내뿜고 있었다. 마치 신비한 사랑처럼.

우리는 사막의 규칙을 받아들이고 그 방식을 따르기로 했다. 그제야 사하라는 우리 마음속으로 들어와 본래의 모습을 보여주었다.

우리가 사막 속으로 깊숙이 들어간다는 것은 오아시스를 찾아 나섰다는 것을 의미하지 않는다. 다만 어딘가에 숨어 있을 우물을 우리가 마음속으로 절실하게 믿는다는 것을 의미한다.

바람과 모래와 별들

나를 재발견하기

세상 사람들이 추구하는 목표가 의미 없다고 하면 무엇을 향해 노력해야 하느냐고 당신은 물을 것이다. 그 질문에 나는 지극히 평범하지만 지금껏 살아오면서 터득한 소중한 비밀 하나를 가르쳐주고 싶다.

먼저 자기 자신에 대해 진정한 발견이 있어야 한다. 그렇게 세워진 목표만이 가장 진실한 것이다. 그것은 어떻게 가능한가. 이를 위해서는 자신의 현재를 잘 풀어나갈 수 있어야 한다. 설령 그 현재가 자신과 직접 관련이 없어 보이거나, 모순에 가득 찬 것처럼 느껴질지라도 미래에 대한 준비는 그렇게 현재를 잘 다지는 가운데 이루어지는 것이다.

사막의 도시

어떤 신비한 힘

사막에서는 아득히 먼 곳에서
자석이 잡아당기는 듯한 신비한 힘이 작용한다.
기억 속에 생생하게 남아 있는 유년의 집이
그런 것처럼……. 단지 어딘가에 살아 있다는 것만
알고 있을 뿐, 더 이상 아무것도 모르는
오래된 친구가 그런 것처럼…….

어느 인질에게 보내는 편지

121

뜨겁게 타오르던 순간

사막을 가로지며 목숨을 건 사투를 벌이고 있을 때, 난 예전에는 미처 이해할 수 없었던 또 하나의 진실을 발견했다. 그때 난 길을 잃었다는 절망감에 빠져 자포자기의 심정이었다. 그런데 이상하게도 모든 것을 포기하고 나자 오히려 마음이 편안해졌다. 바로 그런 순간, 우리는 자기 자신을 발견하고, 스스로에게 진정한 친구가 되는 것 같다.

밤하늘의 별이 망토처럼 펼쳐져 있고, 온몸이 모래에 뒤덮여 갈증으로 숨이 막힐 것만 같았던 그 순간, 가슴 속으로 뜨겁게 밀려들어오던 깨달음을 어떻게 잊을 수가 있을까!

바람과 모래와 별들

오직 나만의 것

난 내가 뿌리를 내린 이 풍요로운 땅에서 사람들과 함께 모여 노래를 부르는 것이 참으로 즐겁다. 그러나 사람들 속에서 내가 입은 상처와 침묵, 그리고 외로움의 자유도 함께 느낀다.

난 사람들 속에 있더라도 얼마든지 나 자신으로 혼자 남아 있을 수 있다. 사람들 속에 파묻혀 있기는 하지만, 내 영혼은 오직 나만의 것이기 때문이다.

어느 인질에게 보내는 편지

활력을 주는 미소

미소는 이따금 아주 소중한 의미를 지닌다.

살짝 짓는 미소로 어떤 빚도 갚을 수 있으며,

조그만 미소로 뜻밖의 호의를 얻을 수도 있다.

이처럼 우리는 미소를 통해 삶의 활력을 되찾기도 한다.

어느 인질에게 보내는 편지

순수한 나를 찾아서

너희들이 슬퍼하는 모습을 보니 나도 마음이 무척 아프다. 그러나 따지고 보면 난 예전보다 더 잘 지낸 편이야. 도시에는 인간적인 삶이 없거든. 내가 중요하게 생각하는 것은 비행기를 조종할 수 있느냐 없느냐 따위가 아냐. 내가 생각하는 비행기는 목적이 아니라 수단이니까.

난 내 인생을 비행기에 송두리째 바치고 싶은 생각은 없어. 농부가 쟁기를 위해 일하지 않는 것과 같아. 그러나 비행기를 타면 도시를 벗어날 수 있고, 새로운 곳에서 순수한 진실을 되찾을 수 있지. 바람과 별, 어둠과 모래와 더불어 살면서 인간답게 일하고, 인간답게 걱정할 수 있거든. 바로 이것이 도시를 떠나 홀로 비행사가 된 이유이며 목적이야.

우리는 자연의 힘을 가늠하면서 정원사가 새봄을 기다리듯 새날이 밝기를 손꼽아 기다리지. 또한 우리는 비행장이 축복받은 땅이라도 되는 것처럼 간절히 그리워하고, 그것을 별들의 세상에서 찾으려고 언제나 노력해.

나는 아무것도 후회하지 않아. 인생의 길을 선택하는 도박에 기꺼이 참여했고, 그로 인해 내 몫의 일부를 잃은 것뿐이야. 대신에 얻은 것도 많아. 난 탁 트인 바다에서 시원한 바람을 맛볼 수 있었어. 그 맛을 한 번 느낀 사람은 그것을 영원히 잊지 못해. 그렇지 않을까. 우리는 일부러 위험을 찾아 나섰던 것이 아니야. 그런 짓은 자만이며 만용일 뿐이지. 우리는 투우사들과 달라. 일부러 위험한 짓을 한 것은 절대로 아니었으니까.

난 내가 진정 무엇을 찾으려는지 알고 있었어. 내가 찾고 싶었던 것은 바로 인간답게 살아가는 삶이었어.

바람과 모래와 별들

살아 숨 쉬는 것 같은

사하라는 끝없이 모래만 펼쳐져 있는 광활한 사막이다.
사람들은 그곳에서 날마다 권태와 단조로움에 시달린다.
그러나 사막은 하루에도 수십 번씩 모습을 바꾼다.
비탈진 언덕이 생기는가 하면 신비스러운 상징이
살아 숨 쉬는 것 같은 단단한 형상이 불쑥불쑥 생겨난다.
그것을 발견하는 순간, 단조로움은 더 이상 존재하지
않는다.

어느 인질에게 보낸 편지

차원 높은 세상으로

조종사가 꿈꾸고 있는 행복이란
일상적인 생활에서 완전히 벗어나서
더 멀고 차원 높은 세계로 발돋움하는 것이다.
우리가 여태껏 성장하면서 겪어온
자질구레한 관계나 집착은 깨끗이 단념하고,
그것들을 담담한 마음으로 초월할 수 있어야 한다.

남방 우편기

도착보다는 방향

중요한 것은

네가 무엇을 향해 가느냐 하는 것이지,

어디에 도착하느냐가 아니다.

인간은 죽음 이외의

그 어떤 곳에도 도착하지 않는다.

사막의 도시

새로운 상륙

2분 후 나는 풀밭에 섰다. 마치 새로운 삶을 시작하는 어느 별에 와 있는 것 같은 기분이 들었다. 전혀 겪어보지 못한 새로운 기후였다. 하늘에서 땅으로 내려온 나는 마치 어린 나무가 된 것 같았다. 여행을 무사히 마쳤다는 것을 새삼 확인하며 한껏 기지개를 켜자 모처럼 심한 허기가 느껴졌다.

먼 여행을 다녀왔다는 것에 스스로 감격해하며 느릿느릿 발걸음을 옮기던 나는, 내 그림자를 보며 큰 소리로 웃었다. 그것은 내가 땅에 착륙했음을 가장 확실하게 증명해 주었다.

남방 우편기

짧지만 완벽한 순간

프레보가 파편 더미 밑에서 오렌지를 하나 발견했다. 뜻밖에 찾아온 기적을 우리는 지금 함께 나누고 있다. 세상의 모든 것을 얻은 것처럼 흥분되었다. 사실 하루에 물 20리터는 마셔야 할 것 같은 인간에게 오렌지 반쪽은 얼마나 사소한가.

나는 모닥불 옆에 누워 그 눈부시도록 아름다운 과일을 가만히 들여다보다가 혼자 이런 생각을 한다.

'사람들은 오렌지가 무엇인지 알지 못해!'

그리고 이런 생각도 한다.

'우리의 처지가 매우 위험하기는 하지만, 그것이 입 안에 군침이 도는 이 즐거움까지 망치지는 못해. 지금 이 순간 내가 가지고 있는 이 오렌지 반쪽은 내 인생 최고의 기쁨이야.'

나는 하늘을 올려다보며 반듯하게 누워 오렌지 한쪽을
입으로 쭉쭉 빨면서 별똥별을 하나 둘씩 세워본다. 잠시
동안 나는 완벽한 행복을 맛본다.

바람과 모래와 별들

고독의 맛

나는 고독을 안다.

사하라 노선을 비행하는 조종사로 사막에서 3년이라는 시간을 보내는 동안 그것을 뼈저리게 맛보았다. 그곳에 있다보면 황량한 오지에서 젊음이 시들어가고 있다는 것 따위는 조금도 두렵지 않다. 그것보다는 아득히 멀리 있는 사람들의 세상이 그 사이 연륜을 더해간다는 것이 그런 두려움을 느끼게 한다.

나무는 열매를 맺고, 들판에는 밀알이 여물고, 여인네들은 더 아름다워질 것이다. 세월이 흐르니 어서 빨리 돌아가고 싶지만 난 매인 몸이다. 그 사이 세상의 소중한 보물들이 사막의 모래알처럼 손가락 사이로 빠져나갔다.

바람과 모래와 별들

빛을 내는 사람

난 빛을 뿜어내는 인간을 사랑한다.
그가 지닌 양초가 얼마나 두꺼운지는
별로 마음에 두지 않는다.
다만 그에게서 나오는 불빛을 보면서
나는 그의 가치를 음미한다.

사막의 도시

135

성장을 위한 실패

우리의 발전은 아직 미완성이다.
내일의 진실은 어제의 실수와 실패에서 생겨나고
해결해야 할 문제들은
우리 자신을 성장하게 만드는 밑거름이다.
우리는 모두 함께 만날 수 있는 진리의 문을 향해
서로 다른 길로 각자 걸어가는 순례자이다.

어느 인질에게 보낸 편지

자유의 조건

우리는 끊임없이 인간의 자유를 설파해왔다. 그러나 우리는 인간을 중심에 놓고 생각하지 않았기 때문에 자유를 막연히 억압이 없는 것으로 정의했다.

일반적으로 자유는 바로 옆에 있는 사람에게 피해를 입혔을 때만 제한받는다. 그러나 생각해보면 바로 옆에 있는 사람이 관련되지 않는 일이란 있을 수 없기 때문에 그것은 아무 의미도 없는 말이다.

자유는 인간을 중심에 놓았을 때만 그 참의미를 알 수 있다.

아라스로의 비행

버텨내는 용기

기요메가 안데스 산맥을 행군하다가 조난당했던 때의 일을 들은 적이 있다. 그는 4박 5일 동안 피켈도 없고, 밧줄도 없고, 식료품도 없이 영하 40도의 추위에 4천5백 미터의 절벽을 오르락내리락하며 사투를 벌였다고 했다.

"발을 한 발자국씩 앞으로 옮기는 것만이 유일하게 나를 구할 수 있었지. 그리고 다시 또 한 걸음, 매번 그렇게 발을 옮겨야만 했었어……"

구출된 후 그가 처음으로 했던 말을 난 그 후에도 오랫동안 기억에서 지을 수가 없었다.

"맹세하건대, 동물도 나처럼 버텨내지는 못했을 거야!"

그것은 일찍이 내가 들어본 말 중에 가장 고귀한 말이었다. 그것은 인간의 가치를 인정하고 인간에게 합당한 명예를 안겨주는 말이었다.

바람과 모래와 별들

한계를 벗어난다면

자기 자신의 한계를 벗어날 수만 있다면
누구라도 우주적인 진리에 다다를 수 있다.

카르넷

나를 평가한다면

자기 자신에 대해 평가를 내리기란
다른 사람을 대상으로 할 때보다 훨씬 어려운 일이다.
만약 당신이 당신 자신을 법정에 꿇어앉힐 수 있다면
그런 당신이야말로 진정으로 지혜로운 사람이다.

어린 왕자

별에 이르는 길

물론 나는 나와 다른 길을 선택한 사람과 맞서 싸울 수 있다. 다른 사람의 생각을 비난할 수도 있다. 그러나 다른 길을 가지만 결국은 같은 별을 좇는 사람을 존중해주어야 한다. 다른 사람을 존중하는 마음이 인간의 가슴 속에 뿌리내리게 되면, 그것이 영원히 보장될 수 있는 사회, 정치, 경제 체제를 다시 만들 수 있을 만큼 사람들은 성장한다.

그렇듯 인류의 문명은 처음에는 아주 작은 열의에서 비롯된다. 그리고 뜨거운 욕구로 인간의 가슴 속에 심어진다. 사람들은 실수와 잘못을 반복하면서도 반짝이는 별에 이르는 길을 마침내 찾아낸다.

어느 인질에게 보내는 편지

나무는 쉬지 않는다

미래를 미리 예측하려고 하지 말고,
미래의 꿈이 실현될 수 있도록 실천해나가야 한다.
마치 시간이 지나면 가지를 하나씩 내뻗고
자라나는 나무처럼 말이다.
나무는 현재의 순간순간에 충실하면서
죽음에 이르는 순간까지 자라날 것이다.

사막의 도시

삶의 끝과 시작

어머니의 임종을 지켜보는 세 명의 농부를 곁에서 본 적이 있었다. 방 안에 슬픔이 가득했다. 한 세대를 다음 세대로 이어주는 매듭이 풀어진 것이다. 세 아들은 문득 세상에 자기들만 홀로 남아 있는 듯 외로워했다. 이제는 살아가는 방식도 새로 배워야만 했다.

그러나 나는 그 단절의 순간에 아들들에게 또 한 번의 새로운 삶이 주어졌다는 것을 깨달았다. 이제는 세 아들이 밖에서 뛰어놀고 있는 자신의 아들들에게 임무를 인계할 때까지 각 가정의 가장이자 구심점 역할을 해야만 하는 것이다.

바람과 모래와 별들

고통의 끝

우리에게 일어나는 일들 가운데 정녕 견딜 수 없는 일이란 하나도 없다. 말하자면 나는 고통이라 표현할 수 있는 것을 절반밖에 체험하지 못했다. 어느 날 내가 탄 비행기가 물속에 가라앉자, 난 익사할 것만 같은 두려움이 엄습했지만 정작 익사에 이르는 고통은 찾아오지 않았다. 그뿐만 아니다. 나 자신과 나의 모든 것이 곧 사라져버릴 거라고 생각한 적이 수없이 많았다. 그러나 그런 결말은 아직 내게 한 번도 일어나지 않았다.

바람과 모래와 별들

감정 가꾸기

모든 것은 영혼으로 받아들여야 하고,

받아들인 것은 감정으로 바꾸어야 한다.

마음속에 담은 것을 도자기처럼

우아하고 아름답게 가꾸어야 하는 것이다.

사막의 도시

핵심에 충실할 것

별을 따라가며 산을 넘는 길손이 산에 올라야 한다는 생각에 너무 몰두하다 보면 어느새 별이 길을 안내하고 있다는 사실을 잊어버린다. 성당에서 돈을 받고 의자를 빌려주는 사람도 마찬가지다. 의자를 내주는 데 너무 열중하다보면 자기가 하느님을 섬기고 있다는 사실을 망각하게 된다.

어느 인질에게 보내는 편지

나의 진실은

만약 내가 나의 존재를 포괄할 수 있고,

나 자신을 표현할 수 있는

어떤 방법을 찾아낼 수 있다면

그것이 곧 나의 진실이리라.

남방 우편기

침묵 예찬

침묵 속에서 편안히 쉬도록 나 자신을 그냥 놓아두어라.

난 내 인생에 대해 진지하게 생각하고 싶다.

진실은 오직 침묵 속에서만 열매를 맺고, 뿌리를 뻗는다.

특히 그것은 많은 시간을 필요로 한다.

사막의 도시

풍요롭게 하는 힘

우리는 살아가면서 놀라울 정도로 인간을
풍요롭게 하는 힘이 분명히 있다는 것을 알고 있다.
그런데 개개인을 위한 단 한 가지의 옳은 진실은
어디에서 찾아낼 수 있을까?

바람과 모래와 별들

순간만이 전부

어느 날 사막에 불시착한 채 아침이 되기를 기다린 적이 있었다. 산마루의 한쪽은 달빛을 받아 황금빛으로 물들어 있었고, 그늘진 쪽은 시커먼 어느 높은 산봉우리 위에서 팔짱을 낀 채 어둠에 잠겨 있었다. 빛과 그림자가 펼치는 장엄한 광경을 바라보다 나는 무거운 침묵 속으로 빨려 들어갔다. 눈을 떴을 때는 캄캄한 하늘이 온 누리를 뒤덮고 있었다.

사방을 둘러봐도 아무것도 보이지 않았다. 그도 그럴 것이 나는 높은 산봉우리 위에서 팔짱을 낀 채 별을 벗 삼아 반듯하게 누워 있었던 것이다. 주위의 적막함과 별의 아름다움이 어찌나 황홀하던지 현기증이 날 정도였다.

내 주변에는 손으로 잡을 수 있는 것이라곤 아무것도 없었다. 난 마치 바닷물 속으로 뛰어드는 잠수부처럼 별들 속으로 빠져들 것만 같았다. 그러나 그런 염려와는 달리 대지에 온전히 몸을 맡기고 있는 것이 너무나 편안했다.

그때처럼 중력의 위대함을 절실히 느껴본 적이 없었다. 그것은 사랑의 힘처럼 전지전능해 보였다. 나는 지구가 내 등을 받쳐주고, 나를 꼭 붙잡은 채 나와 함께 밤의 공간 속을 움직이고 있음을 몸으로 느꼈다.

내 처지는 어떠했는가? 나는 사막에서 길을 잃어 모래와 별 사이에 달랑 혼자 남아 있었다. 내 목숨은 무거운 침묵에 짓눌린 채 비행기가 나를 발견하게 될 때까지 며칠이고, 아니 몇 달이고 그대로 있어야 했다. 내일 당장이라도 무어인들에게 살해당할 수도 있는 끔찍한 상황이었다.

내가 갖고 있는 것은 아무것도 없었다. 나는 다만 숨을 쉬고 있다는 것에 감격해하며 모래와 별 사이를 헤매다 조금씩 죽음에 가까이 다가가는 한 사람일 뿐이었다.

바람과 모래와 별들

희망을 품은 불빛

달이 지기 시작했다.

우리는 이미 귀머거리가 되었는데 무선 방향 탐지기조차 없다면 이제는 앞도 보지 못하는 장님이 될 것이다. 주위가 점점 어두워지고, 마침내 달마저 희미하게 꺼져가는 석탄처럼 짙은 안개 속으로 사라졌다.

하늘이 한순간 구름으로 뒤덮였다. 우리는 빛과 모든 사물이 사라진 안개 속을 헤매고 다녔다. 모든 희망을 포기하려는 순간, 저 앞에서 불빛이 반짝이는 것이 보였다. 난 기쁨으로 몸을 부르르 떨었다. 네리가 내게 몸을 숙였다. 그가 노래를 부르는 소리가 들렸다. 그 빛은 항로 표시등을 켜놓은 비행장에서 나오는 것이 분명해 보였다.

그런데 그 빛이 잠시 흔들리더니 이내 사라졌다. 우리가 구름과 안개 사이로 잠시 모습을 드러냈던 별을 잘못 본 것이다. 이어서 다른 불빛들이 나타났고, 우리는 조그만 희망을 품은 채 그 불빛들을 향해 조심스럽게 다가갔다.

얼마 남지 않은 연료는 거의 바닥이 보이는데 우리는 반짝이는 미끼를 찾아가고 있었다. 그 불빛들은 모두 진짜 항로 표시등처럼 보였다. 그러나 우리는 매번 다른 별로 목표를 바꾸어야만 했다.

바람과 모래와 별들

오직 사랑만이
우리를 살게 한다

사랑의 부재

나는 사랑이 없으면 도저히 살 수 없을 것 같다.

지금까지 사랑 없이는 그 어떤 말도,

그 어떤 행동도 하지 않았고,

글조차도 쓰지 않았다.

전쟁터에서 친구에게 보낸 편지

가장 순해지는 시간

밤에는 인간의 이성이 잠들고 사물들은 지극히 단순한 의미로 존재한다. 사람들은 흩어진 자신의 삶을 다시 모으며 나무처럼 편안해진다. 낮에는 으레 있게 마련인 자질구레한 다툼이 밤이 되면 위대한 사랑으로 이어지곤 한다.

별들이 가득한 밤하늘의 창가에 기대어 서 있던 남자는 잠자고 있는 아이들과 내일의 일용할 양식, 그리고 저기 저 선잠 자는 연약하고 사랑스러운 아내를 위해 다시 방으로 들어선다. 누구도 사랑을 차지하려고 싸우지 않는다. 이미 그곳에 사랑은 흐르고 있다.

아라스로의 비행

마음속에 평화가

머릿속에 다시 분명히 떠오르는 말이 있다.
그것은 이렇게 홀로 앉아 있는 이곳에서
맛보는 가장 달콤한 말이다.
그 말은 내가 사랑하는 사람들과
다른 모든 사람들의 마음을 가득 채워주리라.
"당신의 마음속에 평화가 깃들기를."

전쟁터에서 친구에게 보낸 편지

무상의 기쁨

주여, 언젠가는 당신의 창조물을 곳간에 넣어두시고
우리에게 당신의 두 문을 활짝 열어주소서.
그리하여 해답이 존재하지 않을 그곳을
저희가 무사히 통과할 수 있도록 하소서.
대답이란 본래 없는 것이고, 의문의 핵심이며
따라서 무상의 기쁨만이 있을 뿐입니다.

사막의 도시

공간의 의미

어떤 우연한 일로 사랑이 싹트게 되면, 그 사람에게는 모든 것이 이 사랑에 의해서 질서가 잡히고, 이 사랑은 그에게 공간의 넓이에 대한 새로운 감각을 가져다준다.

내가 사하라에 살고 있을 때 밤중에 갑자기 아랍인들이 우리의 화톳불 주위로 찾아와서 저 멀리 위험이 있다는 것을 알려주었다. 그 순간, 사막은 우리가 서로 이어진 존재라는 새로운 의미로 다가왔다. 이 전령들은 삭막한 사막에 우리들만의 공간을 만들어주었던 것이다.

아라스로의 비행

빛을 향한 열정

그는 소용돌이를 바로잡아 가며 별들을 좌표삼아 자꾸 자꾸 올라간다. 별들의 창백한 미소가 아름답게 손짓하는 가운데 그는 어찌나 애를 써서 빛과 별을 찾아 헤매었던지 만약 조그만 끈이라도 손에 잡히기만 하면 한사코 매달려 놓치지 않을 각오가 되어 있었다. 저 멀리 마을 구석의 작은 주점에서 아름거리는 한 가닥의 불빛이라도 손에 넣을 수 있다면 그는 목숨까지도 기꺼이 바칠 것이다.

그는 어둠을 밝혀주는 불빛에 그토록 목마르고 허기진 것이다. 그래서 그는 안 되는 줄 알면서도 저 빛의 광장으로 향하는, 불나방처럼 용기를 내어 행동하는 것이다.

야간 비행

내가 의미 있는 이유

당신을 둘러싼 모든 관계들,

즉 가족, 친구, 고향, 조국 등 이들 덕분에

당신이 이 세상에서 의미 있게 존재하고 있음을

절대로 잊지 말아야 한다.

사막의 도시

소중한 것은 보이지 않는다

"사막이 아름다워."

어린 왕자가 말했다.

그건 맞는 말이었다. 난 언제나 사막을 사랑했다. 모래 언덕 위에 앉아 있으면 아무것도 보이지 않는다. 아무 소리도 들리지 않는다. 그렇지만 침묵 속에서 뭔가 신비한 빛을 내는 것이 보인다.

"사막이 아름다워 보이는 것은 이곳 어딘가에 우물이 숨겨져 있기 때문이야……."

어린 왕자가 말했다.

그 순간 난 놀랍게도 모래에서 쏟아지는 그 신비한 빛을 이해할 수 있었다.

어렸을 때 난 지은 지 꽤 오래된 집에서 살았다. 집 안 어딘가에 보물이 숨겨져 있다는 전설이 내려오는 집이었다. 물론 그것을 찾아낸 사람은 아무도 없었다. 어쩌면 그것을 찾으려고 시도한 사람조차 없었는지도 모른다.

그러나 그것 때문에 집 전체가 신비스러운 마술에 걸린 것처럼 보였다. 우리 집은 가슴 속 깊숙이 신비스러운 비밀을 숨기고 있었다.

"맞아."

내가 어린 왕자에게 말했다.

"집이든, 별이든, 혹은 사막이든 그것을 아름답게 만드는 것은 언제나 눈으로 볼 수 없는 거야!"

어린 왕자

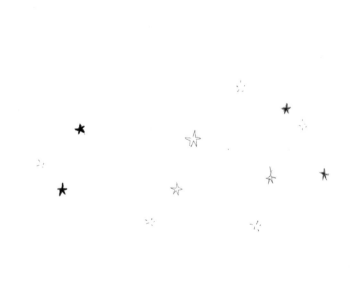

살아 있는 집

네 개의 벽과 기둥이 지붕을 덩그러니 받치고 있다고 해서 모두 집이 되는 것은 아니다. 지붕을 올리고 벽돌을 쌓아올린다고 모두 집이라고 부를 수는 없다.

그 공간에 대한 추억과 애착만이 그것을 진짜 집으로 만들어주며, 그곳에 담긴 인간의 영혼을 보호해준다.

아무리 멀리 떨어져 있어도 바로 곁에 있는 것보다 더 가깝게 느껴지고, 눈에 보이지 않아도 눈에 보이는 것보다 더 풍요로운 감정을 제공해주는 집이 진짜 집이다.

그래서 인간의 마음속마다 고향과 같은 따스함, 샘물과 같은 신선함을 불어넣어주는 집이야말로 진정한 의미의 집이다.

바람과 모래와 별들

고귀한 존재

사막은 원래 확실한 것은 주지 않는다. 그 안에 있으면 아무것도 보이지 않고, 아무것도 들리지 않는다. 그래서 사막에 가면 인간들은 자신들이 눈에 보이지 않는 어떤 힘에 이끌려 살아간다는 것을 깨닫게 된다. 모든 것으로부터 멀리 떨어져 있는 그곳에서 고요히 잠든 내면의 생명력이 슬며시 기력을 회복하는 것이다.

그때 비로소 인간은 영혼에 의해 인도된다. 사막 한가운데서 나는 내가 절대자처럼 한 사람의 고귀한 존재가 되는 것이다.

어느 인질에게 보내는 편지

돈으로 살 수 없는 것들

내 기억 속에 깊은 흔적을 남겨놓은 것들과 내 삶의 소중한 순간들을 떠올려보면 그것들은 모두 세상의 돈으로는 살 수 없는 것들이다.

찬란한 별이 빛나는 밤하늘의 풍경, 야간 비행 때 느껴지는 그 충만함은 돈으로는 도저히 살 수 없는 느낌이다.

힘든 비행을 마치고 다시 땅에 발을 내디딜 때 만나게 되는 나무와 꽃, 그리고 우리에게 새롭게 주어진 삶의 빛깔로 덧칠한 여인의 미소는 아주 사소한 것들이지만, 그 모든 것은 절대로 돈으로 살 수 없는 것들이다.

바람과 모래와 별들

마음으로 찾을 수 있다

"아저씨가 사는 별의 사람들은 집 정원에 5천 송이의 장미를 키우지만 그래도 원하는 것을 찾지 못해요."

어린 왕자가 말했다.

"사실 마음만 먹으면 꽃 한 송이나 물 한 모금에서도 그것은 얼마든지 찾을 수 있어요."

그리고 어린 왕자는 덧붙여 말했다.

"하지만 눈으로는 볼 수 없어요. 언제나 마음으로 찾아야 해요."

어린 왕자

완벽한 행복

그래도 삶이 아름답다는 생각은 어떻게 일어나는가?
조용히 이루어지는 진정한 기적이여! 본질적인 사건들
은 얼마나 간단하고 명쾌한 것인지…….
전쟁 전 투르뷔 지방의 솔 강가에서 있었던 일이다. 우리
는 점심 식사를 하기 위해 목조 베란다가 나 있는 식당을
찾아갔다. 우리가 있던 곳에서 불과 얼마 떨어지지 않은
곳에 사내 둘이 카누에 있던 짐을 내리고 있는 것을 보자
문득 그들을 식사에 초대하고 싶은 생각이 들었다. 우리
는 발코니에서 아래쪽을 내려다보며 그들을 불렀다. 그
들은 순순히 위로 올라와 우리와 합석했다. 우리는 특별
한 이유도 없이 그들을 그렇게 식사에 초대했다. 아마 눈
에 보이지는 않지만 우리 마음속에 파티를 벌이고 싶은
생각이 있었기 때문에 그랬던 것 같다.
햇빛이 좋았다. 먼 수평선까지 이어진 건너편 강둑의 포
플러 나무들은 부드럽고 달콤한 햇살을 받고 있었다. 별

다른 이유 없이 분위기는 점점 유쾌해졌지만 아무도 그 이유를 대지 못했다.

모든 것이 다 이유가 될 수 있었다. 화창한 햇살, 한가로이 흘러가는 강물, 우리가 부르는 소리를 듣고 기꺼이 와준 사내들, 영원히 끝나지 않을 축제라도 벌어진 듯 행복할 정도로 친절하게 대해준 식당의 아가씨……

우리는 완벽한 행복을 즐기고 있었다. 원하는 것이 모두 다 충족되었던 것이다. 더 이상 털어놓을 비밀도 없었다. 우리는 서로 순수하고 솔직했으며 너그럽다고 느꼈다. 그러나 우리는 우리를 매혹시킨 진실이 무엇인지 말하지 못했다.

어느 인질에게 보낸 편지

모든 것이 반짝거린다

어느새 밤이 검은 연기처럼 피어올라 순식간에 계곡을 가득 채운다. 이제는 더 이상 지형을 구분할 수 없다. 그 대신 마을에서 불빛이 흘러 나오고, 자기들끼리 서로 화답하는 별빛도 보인다. 그리고 비행기 조종사는 위치를 알리는 등을 깜박거리며 신호를 보낸다. 온 지구가 불빛 인사로 뒤덮여 있다.

기나긴 밤을 맞아 등대의 불빛이 바다로 향하듯 저마다 자기의 별에 불을 밝힌다. 인간의 삶에 숨겨져 있는 모든 것이 반짝거린다.

마치 항구에라도 온 것처럼 부드럽고 아름답게 밤이 피어난다. 계기판의 리듬도 빛을 내기 시작한다. 조종사는 계기판을 하나씩 점검해보고 만족스러운 미소를 짓는다. 때로는 손가락으로 기계를 툭툭 두드려보고 금속에 생명이 잘 전달되고 있음을 감지한다. 기계는 무심코 진동하는 것이 아니다. 살아서 숨을 쉰다. 5백 마력의 엔진

이 쇳덩어리에 조용히 전류를 흘려보내 얼음처럼 차가운 것을 벨벳처럼 부드럽게 변화시킨다. 모처럼 조종사는 비행 중에 황홀한 광경을 보고 느끼는 현기증이 아니라 살아 움직이는 것들의 신비로운 활동을 보고 가슴 뿌듯해한다.

야간 비행

가장 중요한 한 가지

지금 세상에는 단 한 가지, 오직 한 가지 중요한 문제만 있습니다. 어떻게 하면 인간들에게 영혼의 감성과 고뇌를 되돌려주느냐는 겁니다. 어떻게 하면 그것이 그레고리오 성가처럼 그들의 어깨 위에 사뿐히 내려앉을 수 있게 하느냐는 겁니다.

이제는 가전제품이나 정치, 혹은 경제나 이야기하고, 낱말풀이 수수께끼나 풀면서 살아갈 수는 없습니다. 이제는 더 이상 그래서는 안 됩니다.

지금부터 우리는 시나 그림, 그리고 사랑 없이는 결코 살아갈 수 없게 되어야 합니다. 정신의 삶이 있다는 것을 다시 발견해야 합니다. 그것은 이성이 지배하는 삶보다 더 위대하고, 오직 그것만이 인간을 해방시켜줄 수 있습니다.

장군에게 보낸 편지

하나로 연결된 존재

수백 년 동안 우리의 문화는 인간을 통해 신을 보아왔다. 인간은 신의 형상에 따라 창조되었고, 우리는 인간 안에 있는 신을 존경했다. 신을 품고 있는 인간들은 모두 한 형제였다. 인간이 신의 형상을 닮았다는 것은 모든 인간에게 말로 형언하기 어려운 존엄성을 안겨주었다.

신의 내면을 들여다보는 것은 신 앞에 모두 똑같다는 것을 가르쳐주기 때문에 인간을 평등하게 한다. 평등은 그 평등을 서로 연결할 대상이 없는 한, 아무 의미 없는 공허한 말이 될 뿐이다.

아라스로의 비행

진실은 단순한 것

인간에게는 인간을 인간답게 해주는 오직 한 가지 진실
이 있다. 그것은 삶에서 나오는 관계의 존엄성, 솔직함,
그리고 서로 상대를 소중하게 생각하는 마음이다. 이를
두고 호들갑스럽게 어깨를 툭 치며 가볍게 의형제나 맺
으려고 하는 것과 비교하는 사람은 진실을 모르는 사람
이다.

우리가 인간과 인간의 욕구를 본질적인 것으로 이해하
고자 한다면 서로 자신이 옳다고 생각하는 진실만을 우
겨서는 안 된다. 본질적인 것을 인식하려면 상대가 어느
편에 속해 있는지 잠시 잊어야 한다. 우리는 인간을 곧잘
우파나 좌파로 나누려고 하지만, 당신도 알다시피 진실
은 세상을 혼돈으로 밀어넣는 것이 아니라 단순화하는
것이다.

보편적인 것을 해독해주는 언어가 바로 진실이다.

바람과 모래와 별들

오직 그 사람만을

그 사람이 없다면
가슴이 찢어질 것 같은 사람만을
나는 사랑하리라.

사막의 도시

내 위에 떠 있는 별

어린 왕자는 돌 위에 앉아

하늘을 올려다보았다.

"별은 왜 빛날까요?

언젠가 우리 모두 자신의 별을 찾을 수 있도록

별이 빛을 보내고 있는 게 아닐까요?

내 별을 좀 봐요.

저기 바로 우리 위에 떠 있어요……."

어린 왕자

달콤한 죽음

죽음이 언제나 비극은 아니라는 것을 나는 잘 알고 있다. 언젠가 기억 속에 묻어두었던 프로방스의 한 마을이 생각난다. 교회당 첨탑 뒤로 저녁 황혼이 붉게 물들어 있던 어느 날, 나는 풀밭에 누워 바람결에 들려오는 누군가의 죽음을 알리는 종소리를 평화롭게 즐기고 있었다.

그 소리는 내일 어느 노인이 땅에 묻힐 거라는 것을 동네 사람들에게 미리 알려주는 종소리였다. 평생 동안 주어진 일을 충실히 하다가 늙고 병이 들어 한 생애를 마감한 노인의 죽음, 바람결에 뒤섞여 천천히 들려오는 그 종소리는 내게 참담한 슬픔이 아니라 왠지 모를 편안함을 전해주었다.

교회의 종은 언제나 똑같은 소리로 탄생과 죽음, 세례식과 장례식을 알려주었다. 가난한 노파와 땅이 하나가 됨을 알리는 그 소리는 사람들에게 평화를 전해주었다.

나는 죽음을 두려워하지 않는다. 그것을 삶과 연장으로 생각하면 오히려 달콤한 감미로움마저 느껴진다.

바람과 모래와 별들

오랫동안, 길들여가는 것

삼십 년 전 어느 날이었다. 생애 첫 선물로 강아지를 선물 받았다. 세상에 이렇게 사랑스러운 존재도 있구나 싶었다. 이름을 '풍이'라고 지어주었다. 풍이의 밥을 챙겨주고, 함께 마당을 뛰어다니며 놀고 밤에 잘 때도 옆에 붙어서 잤다. 우리는 세상에 둘도 없는 친구이자 가족이었다. 그런데 이별은 갑자기 찾아왔다. 호기심이 많던 풍이가 마당 한구석에 두었던 쥐약을 먹고는 급사한 것이었다. 하루 종일 밥도 안 먹고 대성통곡을 하는 나를 보며 엄마가 한마디를 했다. "외할아버지 돌아가실 때도 울지 않던 애가 왜 이러니⋯⋯. 그만 좀 울어라."

하지만 외할아버지와 풍이의 죽음은 내게 비교할 수 없는 문제였다. 일 년에 한 번쯤 시골에 내려가서 잠시 뵙고 오는 외할아버지와 하루의 대부분을 한 몸처럼 같이 살았던 풍이가 어떻게 같은 존재일 수 있을까? 함께 지낸 시간의 양도 달랐고 만남의 밀도도 너무도 달랐다. 수많은 시간동안 우리는 서로에게 길들여져 있었던 것이다.

우리에게는 《어린 왕자》의 저자로 친숙한 생텍쥐페리. 그는 누구보다 관계의 소중함을 아는 작가였다. 비행기 조종사였던 그는 밤하늘을 비행하며 만났던 별들과 바람 속에서 인간을 진정으로 사랑하는 것이 무엇인지를 끊임없이 성찰했다. 인간과 사랑의 본질을 찾기 위해서 그는 오랜 고민 끝에 《어린 왕자》를 세상에 내놓는다. 이 작품을 통해 그는 우리가 누군가와 관계를 맺는다는 것은 서로에게 길들여가는 과정이라고 말한다.

"길들여진다는 게 무엇일까?"

"그건 이미 새카맣게 잊힌 말 중의 하나야."

여우가 말했다.

"그 말은 '서로 익숙해진다'는 뜻이지."

"익숙해진다고?"

"음, 아직까지 너는 나에게 수만 명의 어린 소년들과 아무 차이가 없는 그냥 어린 소년에 불과해. 난 너를 필요로 하지 않고, 너는 나를 필요로 하지 않아. 나도 너에게는 수만 마리의 여우들과 전혀 다를 바 없는 한 마리의 여우일 뿐이지. 그렇지만 네가 나를 길들인다면 우리는 서로 필요로 하게 될 거야. 너는 나에게, 나는 너에게 세상에서 유일한 친구가 되는 거지……."

-《어린 왕자》중에서

이 책은 《어린 왕자》를 비롯하여 생텍쥐페리의 저작 중에서 사랑과 우정, 만남 등 관계에 관한 글을 중심으로 발췌하여 엮었다. 사람과 사람 사이의 관계가 점점 이해 중심적으로 변질되어가는 이 시대에 정말로 소중한 것은 눈에 보이지 않는 것임을 이 책을 통해서 함께 생각해 봤으면 한다. 사랑은 농사짓듯 천천히 경작되는 것이기에 처음 만났을 때 사랑한다는 말은 필요치 않다는 신영복 선생님의 말씀이 새삼 떠오른다. 오랫동안 길들여가는 것, 그것이 사랑이라고 생텍쥐페리도 이 책에서 말하고 있다.

◆ 생텍쥐페리 연보

Antoine Marie Roger De Saint Exupery

1900년 6월 29일 장 드 생텍쥐페리와 마리 보예의 셋째 아들로 프랑스 리옹의 귀족 집안에서 출생.

1904년 아버지 사망. 어린 시절을 생모리스 드 르망의 숙모 집과 할머니 집에서 자람.

1909년 가족과 함께 르망으로 이사, 노트르담 드 생크루아 학교 입학.

1912년 앙베리외 비행장에서 처음으로 비행기를 타고 감동하 여 그 경험을 시로 씀.

1914년 10월 동생 프랑수아와 함께 몽그레 중학교에 입학하나 3개월 후 다시 스위스 프리부르에 있는 마리아니스트 수도회에서 경영하는 중·고등학교에서 1917년까지 공부함.

1917년 동생 프랑수아 사망. 이 죽음은 《어린 왕자》를 비극으로 장식하게 된 모티브가 되었다고 함. 바칼로레아(대학입학 자격시험)에 합격.

1919년 해군사관학교 입학시험에서 낙방하고, 파리 미술학교 건축과 입학.

1921년 스트라부르그 제2 비행연대의 수리 공장에 배치, 조종술 훈련을 받고 모로코의 제27 비행연대에 배속되어 민간인 조종사 면허증을 받음.

1923년 루이즈 드 빌모렝과 약혼. 약혼녀의 반대로 비행사의 꿈을 접음. 약혼녀와 파혼. 부르롱 타일 제조회사 입사.

1924년 소레 자동차 회사에 입사. 이 시기에 앙드레 지드, 장 프레보와 친분을 가졌고, 발레리, 지로두, 아인슈타인 등의 작품을 탐독함.

1926년 장 프레보의 주선으로 잡지 〈나비르 다르장〉에 《남방 우편기》의 초고에 해당하는 단편 소설 〈비행사〉 발표. 10월에 라테코에르 항공회사에 입사해 툴루즈 지사로 발령받아 지사장 디디에 도라와 만남.

1927년 툴루즈 - 카사블랑카 - 다카르 간의 정기 우편기 조종사로 근무, 주비 만으로 파견되어 비행장 주임으로 근무, 《남방 우편기》 집필.

1929년 프랑스로 돌아와 《남방 우편기》 발표, 브레스트에서 항공 훈련을 받고, 부에노스아이레스에서 아르헨티나 항공회사 지사장으로 부임.

1930년 안데스 산맥에서 실종된 기요메를 찾기 위해 5일간 수색 비행. 《야간 비행》 집필.

1931년 신문기자의 미망인 콘수엘로 순신과 결혼, 5월에 프랑스와 남미를 연결하는 항공 우편기 사업에 종사, 앙드레 지드가 서문을 붙인 《야간 비행》 출간으로 12월에 페미나 문학상 수상.

1933년 라테코에르 비행기 제조회사에 입사, 테스트 파일럿으로
근무, 생라파엘 만에서 수상기 테스트 도중 사고가 일어
나 겨우 살아남.

1934년 에어프랑스에 입사. 《야간 비행》이 미국에서 영화로 만들
어짐. 착륙장치를 발명하여 특허를 받았으며, 그 후에도
발명을 계속하여 12개의 특허를 냄.

1935년 〈파리 스와르〉지의 특파원으로 모스크바에서 파견 근
무. 르포르타주 기사 연재. 12월 29일 파리-사이공 간 비
행시간 기록 갱신을 위해 정비사 프레보와 함께 장거리
비행을 시도하다 리비아 사막에 불시착.

1936년 1월 2일, 닷새 동안의 고투 끝에 기적적으로 구조됨. 1월
2일, 5일 만에 낙타몰이꾼에게 구조됨(이때의 체험이 《인
간의 대지》에 나옴). 〈파리스와르〉지의 특파원으로 스
페인 내란 취재.

1938년 2월, 뉴욕과 남미 대륙 최남단에 위치한 섬을 잇는 장거리
비행 중 과테말라에서 추락하여 수일 동안 의식불명에 빠
짐. 뉴욕에서 요양 중에 《인간의 대지》 집필.

1939년 파리로 돌아와 《인간의 대지》 출간, 4월 아카데미 프랑세
즈 대상 수상. 미국에서는 《바람과 모래와 별들》이라는
제목으로 번역 출간 되어 '이 달의 양서'로 선정. 제2차 세

계대전 발발로 툴루즈 몽트랑 기지에서 비행 교관으로 근무함. 11월에 오르콩트의 2-33 정찰 비행단에 배속됨. 《어린 왕자》집필.

1940년 5월 10일, 독일군 프랑스 침공. 아라스 지구 정찰 비행. 6월에 기재를 보르도에서 알제리로 대피시키는 임무 수행. 8월에 프랑스로 돌아가 《카르넷》집필. 12월에 뉴욕으로 출발.

1941년 캘리포니아에서 외과수술 받음. 《전투 조종사》집필.

1942년 《전투 조종사》가 미국에서 《아라스로의 여행》이라는 영문 제목으로 출판. 파리에서도 출간되었으나 비시 정부에 의해 판매 금지됨.

1943년 《어느 인질에게 보낸 편지》와 《어린 왕자》출간. 2-33 정찰 비행단에 배속되어 소령으로 진급. 비행 중 부상으로 알제에서 치료를 받으며 비행단 복귀 운동을 하는 한편 《카르넷》집필.

1944년 5회만 출격한다는 조건으로 2-33 정찰 비행단에 복귀. 7월 31일 코르시카 기지를 출발, 그르노블-앙시 상공으로 정찰 비행을 떠난 후 돌아오지 않음. 지중해 해상에서 독일군 전투기에 격추, 전사한 것으로 추측됨.

1948년 미완성 작품 《카르넷》출간.

생텍쥐페리의 작품들

《남방 우편기》(Courrier Sud, 1928)

《야간 비행》(Vol de Nuit, 1931)

《바람과 모래와 별들》(Terre des Hommes, 1939)

《아라스로의 비행》(Pilote de Guerre, 1942)

《어느 인질에게 보낸 편지》(Lettre a un Otage, 1943)

《어린 왕자》(Le petit Prince, 1943)

《사막의 도시》(Citadelle, 1948)

〈 평화냐, 전쟁이냐 / 전쟁터에서 친구에게 보낸 편지

/ 장군에게 보낸 편지 / 어머니에게 보내는 편지

(Un Sens a la Vie, 1956; textes recueillis et presentes par

Claude Reynak)〉

《카르넷(Carnets, 1936~1944)》

*이 책의 발췌 인용은 영어 책을 기초로 하였음을 알려드립니다

송혜연 옮김

책과 언어의 매력에 빠져 번역가의 꿈을 키웠다. 현재는 '키즈엔리딩' 영어도
서관을 운영하며 아이들과 부모님들의 리딩멘토로도 활동하고 있다.

우리가 사랑해야 하는 이유

초판　1쇄 발행 2015년 3월 25일
개정판 1쇄 인쇄 2021년 9월　5일
개정판 1쇄 발행 2021년 9월 12일

지은이 | 생텍쥐페리
옮긴이 | 송혜연

펴낸이 | 성미옥
펴낸곳 | 생각속의집

출판등록 2010년 5월 18일 제300-2010-66호
주소 | 서울시 종로구 혜화동 53-9 1층
전화 | (02)318-6818 팩스 | (02)318-6613
전자우편 | houseinmind@gmail.com

ISBN 979-11-86118-54-2 03810